ROMANS DE HENRI ZSCHOKKE.

LE MÉNÉTRIER,

OU UNE

INSURRECTION

EN SUISSE,

HISTOIRE DE 1653,

TRADUITE DE L'ALLEMAND

Par A. Loève-Veimars,

TRADUCTEUR

DE LA COLLECTION COMPLÈTE DES ROMANS HISTORIQUES

DE VAN DER VELDE.

SECONDE ÉDITION, REVUE ET CORRIGÉE.

TOME PREMIER.

PARIS,

CHARLES GOSSELIN, LIBRAIRE

DE SON ALTESSE ROYALE MONSEIGNEUR LE DUC DE BORDEAUX,

RUE SAINT-GERMAIN-DES-PRÉS, N° 9.

M DCCC XXX.

DE L'IMPRIMERIE DE LACHEVARDIERE.

ROMANS

DE

HENRI ZSCHOKKE,

TRADUITS DE L'ALLEMAND

PAR

le traducteur des Romans de Van der Velde.

———

LE MÉNÉTRIER.

—

TOME PREMIER.

IMPRIMERIE DE LACHEVARDIERE,
RUE DU COLOMBIER, N° 30.

LE MÉNÉTRIER,

OU UNE

INSURRECTION

EN SUISSE,

HISTOIRE DE 1653,

PAR HENRI ZSCHOKKE,

TRADUITE DE L'ALLEMAND

Par A. Loève-Veimars,

TRADUCTEUR DE LA COLLECTION COMPLÈTE DES ROMANS HISTORIQUES
DE VAN DER VELDE.

—

TOME PREMIER.

——

Paris,

CHARLES GOSSELIN, LIBRAIRE

DE SON ALTESSE ROYALE MONSEIGNEUR LE DUC DE BORDEAUX,

RUE SAINT-GERMAIN-DES-PRÉS, N° 9.

M DCCC XXX.

LETTRE

AU DOCTEUR HENRI SCHMUTZIGER,

CHIRURGIEN-MAJOR,

ET MEMBRE DU CONSEIL DE SALUBRITÉ

DE LA VILLE D'AARAU.

Aarau, le...   182...

Mon cher Hippocrate, vous ne
désiriez pas autrefois de meilleur
et de plus mauvais malade que
moi; je ne désire pas aujourd'hui

de plus mauvais et de meilleur
lecteur que vous. Je vous choisis
donc, en vertu de l'omnipotence
et du privilége monarchique, que
s'arrogent les écrivains comme
les rois, pour unique représentant
de toute la masse *lisante*, et je
vous adresse cette innocente histoire en forme de présent du jour
de l'an.

Je me suis long-temps consulté
pour savoir si je devais composer
cette année un almanach, une table de calcul ou quelque ouvrage
de ce genre, pour le bien de l'espèce. La chose, comme vous voyez,
a tourné en un roman, produc-

tion plus propre à opérer une bien-
faisante léthargie dans le cerveau
des lecteurs, que les écrits du
genre susdit, qui sont de nature
à occasioner une dangereuse
commotion dans la tête des enfans et des vieillards, par l'excès
d'attention qu'ils demandent.
L'inaction d'esprit est un véri-
table armistice pour l'humanité ;
car la pensée est la plus terrible
de toutes les armes, celle qui a
le plus souvent troublé la paix
sûr terre, et l'a enfin rendue
presque impossible sous le ciel.
Un bon roman doit provoquer le
sommeil ; et le sommeil est la paix

des idées, partant le bien suprême
pour l'espèce humaine.

L'œuvre que je vous adresse
est donc un essai qui n'a absolument d'autre but que le but si
louable que se proposait la belle
conteuse Schéhérazade au lit du
sultan, dans les Mille et une
Nuits; et comme je puis assurer
avec vérité que je me suis endormi
plusieurs fois moi-même avec cette
histoire, vous pouvez la recom-
mander en toute assurance à vos
malades; prise en doses raisonnables, elle sera un *somniferum*
ou soporatif commode et peu dis-
pendieux.

Je n'ai pas besoin de vous dire que j'ai fait fonds sur vous, comme mon lecteur principal ; car à quel autre plus qu'à vous, qui êtes toujours au premier rang pour demander et exécuter le bien ; à quel autre plus qu'à vous, l'ami de tant de malheureux qui souffrent, est-il juste de procurer quelques instans d'un doux sommeil, pendant lesquels l'ange de la bienfaisance viendra vous apparaître et vous fortifier ?

C'est aussi uniquement en votre faveur que j'ai choisi la contrée que vous habitez pour le lieu de la scène. Qui mieux que notre digne docteur connaît la ville et les faubourgs de notre vieil Aarau! Que de fois vous ai-je montré du doigt la petite hutte solitaire, placée au sommet du Bampf? Et le château de Rued, — vous me l'avez montré vous-même.

Par excès de précaution, je vais vous décrire chacune de ces choses; car rien n'endort mieux que d'entendre compter longuement ce qu'on sait déjà. N'importe par où je commence. Ce sera par le château de Rued, qui est situé au milieu des basses montagnes, dans notre pays d'Argovie, à trois heures de chemin, vers la droite du fleuve d'Aare. Il s'élève agréablement sur une pente facile, placée au milieu d'une chaîne de montagnes de sable et de rochers qui traver se ce qu'on nomme la Suisse plate, et dont les vallées s'étendent jusqu'aux forêts du Jura.

Ce château était habité jadis par une antique race de chevaliers qui en portait le nom; il tomba plus tard dans les mains des seigneurs de Burtikon, si richement dotés dans la ville d'Aarau, jusqu'à ce qu'il échut au pays de Berne par la conquête du comté de Lenzbourg, dont il

faisait partie. On dit que ce fut à
l'époque de cette conquête, qui
eut lieu en l'année 1415, que le
vieux château de Rued devint dé-
sert. Depuis, il appartint aux
nobles Moyen de Berne, dont les
descendans l'habitent encore aujourd'hui. Mais son aspect chan-
gea avec ses propriétaires, et aujourd'hui il ressemble plus à une
grande maison de plaisance qu'à
une citadelle du moyen âge.

Tel qu'il était déjà au milieu
du dix-septième siècle, il offrait
encore à ses habitans des avantages et des droits plus étendus
qu'aujourd'hui. Des fenêtres de

cette noble demeure, le seigneur
de Rued apercevait une partie de
ses domaines, des bourgs et des
villages dont les maisons blan-
chies étaient répandues de la façon la plus pittoresque sur les
vastes prairies et les collines du
Ruederthâl. Comme le firent plus
tard ses successeurs, et comme
l'avaient fait sans doute ses de-
vanciers, il passait une partie de
l'année dans ce pays tranquille,
qui ne produit pas sur l'âme, il
est vrai, comme d'autres contrées
de la Suisse, des impressions su-
bites de ravissement et d'effroi,
par l'effet d'une nature extraor-

dinaire; mais qui gagne peu à peu
le cœur par sa simplicité, et si
j'ose le dire, par l'humble charme
de ses vallées hospitalières, de ses
montagnes paisibles, de ses forêts
solitaires, et de ses riantes habi-
tations cachées sous des massifs
d'arbres fruitiers.

Ordinairement le seigneur se
montrait dans son château vers le
commencement de la belle sai-
son, autant pour donner l'ordre
de se livrer aux premiers travaux
champêtres, que pour prendre le
plaisir de la chasse aux bécasses.
Il arriva qu'en l'année 1653, le
seigneur de Rued se présenta,

contre toute attente, dans sa châtellenie, vers le milieu de l'âpre
mois de février. Ses vassaux, re-
tirés dans leurs huttes encore couvertes de neige, et pour qui la
solitude de l'hiver faisait du
moindre évènement un sujet in-
tarissable de conversations, ne
s'étonnèrent pas peu de voir le retour périodique de leur seigneur
avoir lieu avant celui des cigognes, et les feux du château s'al-
lumer avant ceux de la Saint-
Pierre; mais les plus avisés se-
couèrent gravement la tête, et
donnèrent à entendre que des
crottes de bécasse, comme ils disaient, n'avaient pas seules arra-

ché le chevalier des belles cham-
bres de ses cousins et de ses
tantes de Berne, et qu'il y avait
quelque anguille sous roche. Des
bruits vagues avaient déjà circulé
dans le pays ; et la conduite du
seigneur parut justifier quelques
conjectures et en détruire quelques autres.

Bien qu'il se fût toujours conduit envers ses vassaux comme
un seigneur juste et indulgent, il
se montra infiniment plus amical et plus populaire avec les
paysans que dans les années pré-
cédentes ; il nommait chacun par
son nom, s'informait à l'un de
sa santé, à l'autre de sa femme

et de ses enfans; louait leur obéissance envers l'autorité, et vantait à tous propos l'excellence du gouvernement paternel de Berne. Mais dans le château il était plus taciturne, plus rêveur, plus renfermé que jamais; il écrivait souvent toute la nuit, et expédiait un grand nombre de lettres; et l'on voyait venir à Rued des messagers que personne ne connaissait, et que l'on renvoyait en toute hâte. On savait généralement que la tranquillité avait été troublée dans quelques parties de la Suisse; que l'Entlibuch était en insurrection, et que des paysans révoltés s'étaient emparés de la ville de Lucerne. On rapportait à ces évènemens l'activité mystérieuse du seigneur de Rued. On eût voulu volontiers en savoir davantage, mais il ne communiquait rien de ce qu'il apprenait, ni aux gens de la vallée, ni même à ses plus fidèles serviteurs. Comme homme d'état, il savait bien qu'il vaut mieux avoir à conduire un aveugle qu'un borgne; et c'était là sans doute le motif de sa réserve.

C'est aussi celui qui m'engage à commencer, sans plus de préambule, mon histoire.

L'AUTEUR.

LE MÉNÉTRIER,

OU UNE

INSURRECTION

EN SUISSE.

~~~~~~~~~~~~~~~~~~~~~~~~~~~~~~~

CHAPITRE PREMIER.

———

LE MÉNÉTRIER.

Dans ces temps que l'on nomme aujourd'hui le bon vieux temps, les gazettes ne parvenaient pas jusque dans les villages, et de nombreuses routes, coupées par des chemins de traverse bien entretenus, ne facilitaient pas encore les communications entre les villes, les hameaux et les vallons les plus écartés. Les habitans du Ruederthal étaient donc obligés, dans l'ignorance où ils vivaient touchant les affaires de la Suisse, de se contenter des bruits vagues que le hasard leur apportait, et qui étaient plus propres à exciter leur curiosité qu'à la satisfaire.

Un soir d'une de ces chaudes journées de mars qui annoncent les douceurs du printemps, les gens de Rueder, et l'intendant lui-même, étaient assis oisivement sur la pelouse qui s'étendait devant le château, et s'entretenaient, en l'absence de leur seigneur, de nouvelles déjà un peu anciennes qui couraient le pays, telles que révoltes, combats et exécutions commises par les rebelles.

Tous paraissaient assez d'accord sur ce
point, que les autorités avaient elles-
mêmes préparé tous ces troubles en in-
troduisant le cours des monnaies étrangères, et en réduisant les batzen (1)
courans à la moitié de leur valeur. L'intendant même, qui, vu la gravité de sa
charge, avait coutume de prendre aveu-
glément la défense de l'autorité, donna
son assentiment par un muet témoignage; car il se trouvait atteint dans
ses intérêts par la réduction subite du
numéraire.

La conversation prit fin tout-à-coup à
l'arrivée d'un homme qui accourait à
grands pas, et qui apportait, sans nul
doute, d'importantes nouvelles au seigneur. Chacun quitta involontairement
sa place pour faire quelques pas à sa
rencontre, mais lentement, pour ne pas

(1) Monnaie courante de la Suisse.   (Le Trad.)

1.   I.

paraître uniquement poussé par la curiosité. Ils semblaient tous connaître ce
petit homme-gros-et court, au visage
jovial, qui avait coutume de se rendre
une fois chaque année au château, et
qui avait le secret de se faire bien venir de leur maître.

C'était, pour le nommer, le maître
chanteur et ménétrier Henri Wirri d'Aarau, dont le nom y est totalement oublié aujourd'hui. Bien qu'il n'ait pas été
assez heureux pour que les faiseurs de
collections historiques et les amateurs
de curiosités littéraires aient recueilli
les pièces de vers et les chansons qu'il
composa pour les noces et les grandes
fêtes, comme ils le firent pour celles
de son grand-père, sa gaieté et son ta-
lent de poète n'étaient pas moins fort es-
timés dans les cantons. Il ôta poliment
son chapeau à haute forme pointue et

à larges bords découpés, de dessus sa chevelure frisée, salua l'intendant, fit à droite et à gauche un geste amical aux vassaux qui l'entouraient, et s'informa où se trouvait le seigneur.

— Il est sorti; il faut bien qu'il se récrée un peu; il a écrit tout le jour, le cher homme! dit l'intendant. Cependant il reste rarement long-temps dehors. S'il vous plaisait, maître Wirri, d'entrer en attendant dans le château, vous pourriez vous y rafraîchir d'un petit coup du soir; ou bien préférez-vous une table couverte d'une serviette blanche sous le bleu du ciel, vous allez être servi à souhait.

Le maître chanteur remercia l'intendant par une gracieuse révérence, rejeta en arrière le petit manteau noir qui couvrait ses épaules, et se plaça dans la cour sur un banc de bois, donnant

par là à entendre qu'un coup sous le
bleu du ciel, comme le disait l'intendant, lui semblait préférable aux po-
culations *intrà muros*. La respectable
dimension de son ventre lui avait rendu
la montée fort pénible, et le vent chaud
du sud faisait couler de son front la
sueur avec abondance.

Tandis qu'il s'essuyait le visage en
soufflant, et que l'intendant hospitalier
était allé veiller à ce qu'on réalisât
promptement ses offres, les valets du
château s'étaient rangés en demi-cercle
autour du nouveau venu, et examinaient
son justaucorps jaune, ses larges chausses grises et ses bas écarlates, avec
autant d'attention que s'ils eussent pu
en tirer quelques conjectures relatives
aux affaires qui les occupaient. L'intendant reparut enfin; il était suivi
d'un valet portant une bouteille de vin,

du pain et du fromage de l'Emmenthal, le tout placé sur des assiettes d'é-
tain si bien polies qu'elles avaient l'éclat
de l'argent.

Le maître chanteur s'inclina de nouveau, et prit le pain, tandis que l'intendant remplissait son énorme coupe d'un
cristal vert foncé; mais il repoussa
poliment le produit de l'Emmenthal,
en disant : Le matin, le fromage est
de l'or, à midi de l'argent, et le soir du
plomb. Je connais les principes, et je
vous remercie bien humblement. Mais,
avant toutes choses, messire mon ami,
vous me donnerez des nouvelles de
votre santé, et vous me direz comment
les choses se passent en ce pays?

A cette demande, l'intendant prit
place sur le banc, auprès de son hôte,
étendit ses longues jambes, et inclinant
son ventre de manière à faire un angle

de quarante-cinq degrés avec ses cuisses, il plaça ses mains sur ses genoux pour soutenir la partie supérieure de son corps. Puis, contractant ses traits naturellement durs, de façon à obtenir une grimace qui pouvait, à la rigueur, passer pour un sourire, il dit au maître chanteur : C'est plutôt à vous qu'il faudrait faire cette question, maître Wirri; car, Dieu merci, nous vivons ici dans l'ignorance et la paix. Mais le bruit court qu'il n'en est pas ainsi partout, maître. On parle de tapage dans l'Entlibuch, et de beaucoup d'autres choses.

A ces mots qui visaient droit au milieu du but, le demi-cercle se forma, et les oreilles se dressèrent.

— Sans doute, sans doute, répondit le maître chanteur; je ne voudrais pas avoir ma chemise dans cette lessive.

Le diable a couvé ses œufs tout l'hiver,
et voilà maintenant tout le pays de Lucerne en rébellion contre l'autorité.
L'Emmenthal a également levé la ban-
nière noire; et ici dans l'Argovie, on
sent aussi un peu le roussi. Passé la
haie, je ne me fie pas aux paysans. Dès
qu'ils font la révérence, on voit le diable par-dessus leur dos, et si l'on voulait donner un coup de balai dans vos
villages, on trouverait plus d'une or-
dure devant vos portes.

— Eh, eh! dit l'intendant, croyez-
moi; nous vivons ici dans l'ignorance
comme des païens, et nous ne savons
pas un mot de tous ces évènemens. Y
a-t-il eu vraiment des têtes meurtries?

— Plus qu'on n'en guérira, messire
mon ami, répondit le ménétrier d'Aarau. Je ne vous aurais pas conseillé de
monter le cheval du bailli, ou de vous

promener avec les bottes du collecteur, si vous n'aviez eu envie d'arriver plus vite à la porte du paradis qu'on n'y arrive avec des bottes et un cheval. Tous les villages sont en armes, tous les chemins, tous les sentiers sont occupés; on arrête tous les voyageurs, on ouvre toutes les lettres. Personne ne sait plus qui est cuisinier, qui est marmiton; et depuis que l'Emmenthal a refusé l'obéissance, je ne donnerais pas une noix creuse de tout notre territoire de Berne.

— Et l'Emmenthal aussi? Qui aurait imaginé cela de gens qui étaient si obéissans et si pieux! dit l'intendant en soupirant.

— Il n'y a pas de chat si fourré qu'il n'ait des griffes, répondit le narrateur. Le conseil de Berne, par exemple, a envoyé le seigneur Wenner Trisching de Trachsenwald, pour ramener ce peuple à la tranquillité et au devoir ; mais le renard salue la haie quand il veut entrer au clos. Pendant que ceux de l'Emmenthal faisaient au seigneur Wenner des révérences à toucher du nez la terre, ils faisaient tout en même temps une ligue à Hutwyl contre nos gracieux seigneurs de Berne, et s'engageaient par leurs corps et âmes à recouvrer leurs vieilles libertés, comme ils disent ; *exempli gratiâ*, d'avoir un capitaine de canton à eux, le libre commerce du sel, l'exemption du droit de tonnage, *et cætera*. Voilà la chose. Ceux de Lucerne ont commencé le bal ; ils sont montés sur toutes les vieilles futailles pour lire à haute voix leurs lettres de liberté, ensuite ils ont rédigé de vingt à trente griefs contre les autorités, et, il y a quatre semaines, ils sont venus de plus de dix bailliages à Wollhausen pour y jurer une ligue. Les mauvais exemples perdent les bonnes mœurs. Ceux de l'Emmenthal veulent en faire autant, et davantage, s'il se peut. Les parts égales font les bons amis, et voilà comme tout est à vau-l'eau.

— J'en suis confondu, cria l'intendant ; comment le mauvais esprit a-t-il pu se mettre si promptement dans toutes nos montagnes ?

— Eh ! eh ! messire mon ami, vous savez bien que dans l'hiver les paysans chôment le lundi, et les bras oisifs font les têtes occupées. On cause dans toutes les auberges, et l'on en dit tant qu'on finit toujours par faire quelque sottise.

— Mais que disent nos gracieux seigneurs de Berne et de Lucerne ? dit l'intendant. Vont-ils regarder tranquillement tout cela, jusqu'à ce que le paysan

leur marche sur les talons? Si j'étais le
maître les choses iraient autrement.
Pourquoi ne pas assembler des troupes,
et leur parler avec le tranchant du sa-
bre? Le paysan se moque de tout quand
on l'écoute; mais si on lui ferme la
bouche, il dit: Votre serviteur, et re-
met son poing dans son sac.

— Oui, oui, messire mon ami, vous
pourriez bien ne pas avoir tout-à-fait
tort, répondit Wirri en souriant. Il y
a plus d'un bon conseil dans le sac du
manant, dont il faut que les baillis se
passent. Mais, monsieur mon ami, le
plus fort est le maître, il ne fait pas bon
chasser avec les chiens hargneux. Nos
gracieux seigneurs ont voulu faire
marcher les troupes du pays : qu'est-il
arrivé? le paysan était au logis, mais le
soldat, on ne le trouvait ni dehors ni
dedans, cela voulait dire: Nous ne mar-

cherons pas contre nos propres compa-
triotes! D'autres disaient: Payez-nous
d'abord les étapes. Ou bien c'était autre chose. Si bien que les seigneurs de
Lucerne ont été forcés de faire venir
dans la ville quatre cents hommes des
petits cantons pour dormir tranquilles.
On ne peut chasser les renards avec
des renards ; les paysans ne veulent pas
aller en campagne contre l'Emmenthal.
Que dites-vous maintenant de tout
cela, messire mon ami?   •

La figure de l'intendant s'alongea
visiblement; et il en retira ses jambes
sous le banc. Les vassaux, qui avaient
écouté jusquelà en silence, semblèrent
tout-à-coup grandis d'un pouce, et ils
se regardèrent entre eux, en se faisant
des signes d'intelligence.

— Il faut s'emparer de ceux qui ameu-

tent les rebelles! s'écria l'intendant en
s'efforçant de se donner un air d'im-
portance.

—Sans doute, répondit le ménétrier;
quand on veut laver l'escalier on commence par en haut et non par en bas.
Mais quand le taureau est furieux, il
n'est pas aisé de le prendre par les
cornes.

Les assistans se mirent à rire.

L'intendant jeta un regard courroucé
sur la foule, et s'écria : Que faites-vous
avec vos bouches ouvertes? Décampez!
tout ceci ne vous regarde pas.

—Hem! dit un gaillard robuste, en
riant d'un air rusé. Je crois que la place
est bonne pour nous comme pour vous.
Les autres gardèrent le silence, mais
personne ne bougea.

Maître Wirri continua de discourir d'un air d'indifférence : On connaît, dit-il, à un cheveu près, tous les chefs de la rébellion. Mais ce sont des compagnons qui ont la main d'Ésaü et la voix de Jacob. Moi qui vous parle, je connais le fameux rebelle Christen Schybi de l'Entlibuch ; c'est un drôle à en donner à retordre au meilleur général ; et je crois qu'il a servi sous le roi de Suède. Il vous a pris sans façon par le collet les envoyés de Berne, et les a mis dans la tour comme des vachers. C'est lui qui a garni tous les défilés de l'Emma, et qui a assiégé la capitale avec sa troupe.

—Que Dieu nous protège! dit l'intendant effrayé. Les choses en sont-elles déjà venues là? Eh bien! mes bons amis, vous voilà encore debout? Je ne le souffrirai pas. Asseyez-vous sur les poutres; vous y serez à merveille.—Les vassaux

auxquels s'adressaient ces paroles ne
semblaient pas les entendre ; leurs yeux
étaient invariablement fixés sur le maître chanteur, que la bouteille à laquelle ⌐
il avait recours de temps en temps pour
reprendre haleine rendait de plus en
plus communicatif.

—Ce Schybi, continua-t-il, fait trem-
bler tout le pays. C'est qu'aussi il a une
tête grande comme la pleine lune !
Lorsque monseigneur le bailli Dulliker,
de Lucerne, lui parla au sujet du tapage
de Wollhausen, il lui répondit de manière à ce que tout le monde l'entendît :
Avec votre permission, monsieur le
bailli, l'hôtel de ville de Lucerne où le
capitaine Krebsinger a droit de nous
réprimander, est à cinq heures et de-
mie de chemin de Wollhausen. Ne l'oubliez pas ; nous demandons ce qui est
juste, et si vous ne voulez pas l'accor-

der, faites un demi-tour à gauche, je vous le conseille. — En parlant ainsi, il frappa sur la poignée de son épée. Moi je me disais à part : Voilà un coquin bien éhonté ; mais le bailli aurait dû savoir que les paroles de nos seigneurs ne sont pas des massues. Quand on ne peut pas soulever la pierre, il faut la laisser là. Monseigneur Wenner Trisching, qui apostrophe les paysans à Trachsenwald, était plus prudent que ce bailli. Il s'avança tout doucement ; car il savait déjà quel son avait rendu la cloche. Vraiment c'est un sire bien adroit que ce bailli Wenner ! Il a tout fait en douceur ; rien d'irréfléchi, rien de précipité. Quand on roule trop vite, les roues se brisent, et se moucher fort fait saigner au nez.

— Cela va mal, mal, mal ! dit l'intendant en levant ses larges épaules.

que sert la colère du bailli Dulliker ?
que sert la bonté de monseigneur Wenner?

— Vous avez raison, sans doute,
messire mon ami, reprit le verbeux
maître chanteur; c'est perdre l'orge et
le houblon. Emmenthal porte des or-
ties comme Entlibuch. Savez-vous qui
commande ceux de l'Emmenthal? C'est
Klaus Leuenberg, le riche paysan de
Schœnholz; un fameux compagnon! Fai-
tes-y attention, cette année on arrosera
les champs avec du sang, et on y fau-
chera des têtes. On parle déjà de couper des nez et des oreilles. Tout ce qui
tient à l'autorité est en fuite. Il n'y a
plus un gardien dans les greniers, pas
un huissier dans la maison de ville.
Quand le chat est absent, les souris
dansent sur la table, comme vous pouvez bien le penser.

Ici la conversation fut interrompue

par un valet qui s'écria : Voilà le seigneur qui descend de la montagne! Aussitôt, tous se dispersèrent et se retirèrent
par différens côtés. L'intendant quitta le
banc, et se promena dans la cour en
secouant de temps en temps la tête,
d'un air pensif. Maître Wirri vida pré-
cipitamment son dernier verre, et alla
au-devant du chevalier.

CHAPITRE II.

—

LE MESSAGE.

C'ÉTAIT un homme d'une stature élevée, d'un air imposant, qui paraissait
âgé d'environ quarante ans. Ses traits
étaient agréables et exprimaient la bienveillance ; mais quelques soucis se pei-
gnaient sur les rides de son front. Quel-

que chose de raide, dans sa tournure
et ses mouvemens, lui donnait une
sorte de dignité, et le calme perpétuel
qui régnait sur son visage, et qui ne
provenait que d'un manque de cha-
leur intérieure, pouvait aussi bien passer pour le résultat de l'empire qu'il
avait-su prendre sur ses passions. Au
reste, il était regardé dans tous les
cantons comme un homme honnête,
bienfaisant et plein de justice, quoique
un peu sévère. Il porta légèrement sa
main à sa barrette rouge, pour répondre
aux salutations du ménétrier, et lui dit
d'une voix grave : Sois le bienvenu,
maître Heini, quelles nouvelles m'ap-
portes-tu d'Aarau?

— J'espère, noble seigneur, que ce
ne seront pas des nouvelles de Job,
bien que, par le temps qui court, les
bonnes nouvelles soient aussi rares que

les gras-pâturages au jour de Noel.
Avant toutes choses, je dois vous faire
les humbles complimens de monseigneur le bailli Hagenbuch, et vous remettre de sa part ce petit billet ; quant
à cet autre, il m'a été remis pour vous
par le révérend père doyen Rusperli,
lorsqu'il apprit que je me rendais à
Rued.

Le seigneur ouvrit négligemment la
lettre du bailli, et la parcourut d'un
regard. Après un instant de silence, il
murmura à plusieurs reprises : Des passages, mais point de garnison ? hom !
Réfléchissant ensuite quelques momens, en croisant derrière son dos ses
mains qui chiffonnaient la lettre, il
marcha en répétant : Je ne comprends
pas ce que veut Aarau de moi. Le
bailli Hagenbuch, qui n'est pas fort sur
sa plume, me renvoie à ta langue. Ac-
compagne-moi donc un peu ; la soirée

est belle et chaude. Tu me raconteras cela.

A ces mots, quittant la pelouse du château, il reprit lentement le chemin par lequel il était venu. Ce sentier remontait la montagne, et des ornières sablonneuses se perdaient à quelque distance dans l'obscurité que répandait le noir feuillage des pins. Wirri marchait en silence aux côtés du chevalier, attendant ses ordres avec respect.

— Rapporte-moi tout au long les résolutions prises aujourd'hui par ceux d'Aarau; car la lettre du bailli Hagenbuch est aussi courte qu'inintelligible. Tu sais, Wirri, que la rébellion qui s'étend de toutes parts dans le pays a forcé le conseil de Berne à faire des dispositions militaires. Il est vrai que l'Argovie est encore tranquille; mais ses intentions sont fort suspectes. On attend aujourd'hui même des troupes de Mulhausen, de Bâle et de Schaffhouse, et les Zurichois sont prêts à se mettre en marche avec huit cents hommes.

—Que le ciel nous ait en aide! s'écria le maître chanteur. Que Dieu fasse grâce au pauvre pays. Une guerre est plutôt entamée qu'achevée. Notre bon peuple se trouvait trop à son aise; il s'est mis à ruer derrière son maître, comme un poulain volontaire. Oh! sans doute, il faut de bonnes jambes pour porter un jour de fortune; voilà bien la plaie qui nous mine. Le courrier de Berne arriva hier dans Aarau; et ce matin les notables de la bourgeoisie furent convoqués à l'Hôtel-de-Ville. Alors le bailli Hagenbuch montra une lettre qu'il avait reçue de nos seigneurs de Berne, par laquelle ils annonçaient que leur volonté était que cinquante hommes de Bâle et de Mulhausen prissent quartier dans notre ville, et qu'on leur fournît les vivres et la boisson à des prix raisonnables. Il ajouta qu'ils resteraient dans la ville jusqu'à ce que la révolte des paysans fût apaisée.

— La chose est simple, reprit le seigneur, ceux de Schaffhouse vont assiéger la ville de Brugg, pour rester maîtres de tous les passages de l'Aare, et séparer le comté de Lenzbourg des bailliages de Biberstein et Schenkenberg. La bourgeoisie est-elle tombée d'accord là-dessus ?

— Oh! oh! noble seigneur, si nous n'avions tous qu'une tête, nous n'aurions besoin que d'un chapeau. Les bourgeois demandèrent le temps de réfléchir, puis ils se rendirent dans l'église, et là ils se mirent à se consulter. Hieronymus Karshofer prétendit qu'il fallait céder aux demandes de nos gracieux seigneurs de Berne, parcequ'une forte garnison

protégerait la ville contre les entreprises des rebelles ; mais Antoni Hunziker
contredit cette opinion de toutes ses
forces. Il dit que les soldats n'apportaient pas toujours la victoire, mais
qu'ils apportaient toujours la guerre.
Les bourgeois, dit-il, garderaient bien
mieux leurs portes que ne le feraient des
étrangers, et si Berne avait envie d'avoir
quelque chose à démêler avec les gens
de la campagne, Aarau ne devait pas
imiter son exemple. Il ne fallait prendre aucun parti, ajouta-t-il, car les
paysans touchaient aux poteaux de la
ville, tandis que Berne était éloigné
d'eux de quatorze heures. Antoni Hunziker parla à peu près de la sorte, et il
se fit un tumulte jusqu'à ce que Samuel
Schmutziger, du faubourg, se fût levé.
Vous connaissez sans doute ce digne ci-
toyen, noble seigneur ; toute la bourgeoisie a un grand respect pour lui, car

1. 2.

il aide à tout le monde, et il ne demande le paiement de ses peines que lorsqu'on sera un jour dans le ciel.

— Bien, bien! dit le seigneur avec impatience, rapporte-moi son avis, alors je le loùerai volontiers à mon tour.

— Eh bien, voici comme il opina : « Justice passe avant prudence. La ville est obligée d'accorder le libre passage aux troupes auxiliaires de Berne lorsqu'elles marchent contre l'ennemi; mais est-elle obligée de les recevoir en garnison? Il faut consulter là-dessus la charte et les franchises d'Aarau.» Cette opinion fut accueillie par le plus grand nombre, et quinze membres furent chargés de communiquer la résolution des prud'-hommes aux conseillers et à la bourgeoisie : voilà ce qu'on a arrêté.

— Cela est quelque chose, et cela

n'est rien, dit le chevalier Mey. Si Berne
a le dessein de s'opposer à des sujets
rebelles, Aarau ne doit pas lier les
mains à ses seigneurs et maîtres. J'irai
moi-même à la ville, et si mes conseils
ne sont pas écoutés, j'aviserai à faire
autre chose.

—Seigneur chevalier, de grâce, mo-
dérez-vous. Le proverbe dit : Frapper
trop fort ne corrige point. Allez doucement. Le bailli Dulliker de Lucerne
disait aussi : On va plus loin avec une
main pleine de force qu'avec un sac
plein de bon droit ; mais je pensais,
lorsque je l'ai vu partir, il y a six semaines, de Wollhausen, au grand ga-
lop, tout pâle et effrayé, que lorsqu'on
tortille trop le saule, tout pliant qu'il
est, il finit par casser.

— Te trouvais-tu dans l'Entlibuch
lorsque la révolution commença ?

— Sans doute, seigneur chevalier ; j'y vins sans le savoir, sans péché, comme un aveugle qui épouse une jolie fille. Vous savez mieux que moi comme les envoyés de l'Entlibuch ont été fâcheusement reçus, lorsqu'ils sont venus à Lucerne faire des remontrances au sujet de la réduction des batzen, et supplier, les mains jointes, qu'on élevât de nouveau la valeur de l'argent et qu'on prît en paiement les denrées des paysans, telles que les champs les produisent. Vous savez aussi que tous ces gens devinrent furieux des pertes que leur occasiona l'affaire des batzen. Le paysan donnerait plutôt sa trogne rouge que ses kreutzers. Vous savez également comment il arriva, à la suite de tout cela, que les collecteurs du gouvernement furent reçus partout avec des huées, qu'on leur attacha les mains derrière le dos, qu'on leur mit des garrots

de bois aux oreilles, qu'on leur ferma la
bouche avec des muselières de jonc, et
qu'on les chassa ainsi de toutes les villes
où ils venaient demander de l'argent.
Vous ne savez pas moins...

— Je sais tout, Heini, je sais tout!
s'écria le seigneur. Dis-moi seulement
ce que tu as vu de tes propres yeux.

— Eh bien, comme je venais de Wil-
lisau, sur deux jambes bien fatiguées,
et par un froid de bise qui soufflait des
montagnes, et que je descendais ce sentier raide qui mène dans la vallée de
Schlond, où est située Wullhausen,
tout était encore tranquille comme la
mort au village. Seulement, dans l'auberge, on voyait de loin des gens descendre et monter le long des marches (1),
et la fumée qui montait de toutes les

(1) Les escaliers sont souvent extérieurs en Suisse.

cheminées m'annonçait qu'on y cuisait
et qu'on y rôtissait comme pour un
bailli. Et en effet monseigneur le bailli
de Lucerne, messire Plebanus, qui
avait été autrefois doyen de l'Entlibuch,
et d'autres sires, étaient dans l'auberge.
Les prud'hommes et les anciens des
communes avaient déjà reçu leur pa-
quet et s'en étaient allés. Je me réjouis-
sais de trouver un copieux souper ;
mais ce que je vis me fit bientôt perdre
l'appétit, car peu à peu il se rassembla
toutes sortes de gens devant l'auberge,
qui arrivaient par bottes comme le foin
un jour de moisson ; et au milieu des
cris qu'ils poussaient, on entendait
des mots peu honnêtes pour l'autorité.
L'hôte, qui craignait que l'on ne dé-
molît sa maison, se lamentait d'une façon pitoyable, et sa femme dit à haute
voix plus de cent *Ave, Maria*, dans sa
cuisine. Je n'osais pas trop me mettre à

la fenêtre, car on ne voyait dehors que des figures effrayantes et des poings levés. Monseigneur le bailli, qui est un homme plein de douceur et d'une grande prudence, eut le courage de se montrer sur la porte, et fit signe qu'il voulait parler ; mais c'était ce qui s'appelle jeter du bois dans le feu. Quand il grêle, le colimaçon rentre ses cornes. Il se retira, et l'on entendit aussitôt les pierres frapper contre la porte. J'aurais voulu me voir à cent lieues de là ; car, comme on dit : Quand on est pris avec le loup, on est d'abord écorché, et on peut déchirer plus d'étoffe en un instant qu'on n'en raccommode en un an.

— Après, après, Heini ! Que fit le peuple ? entra-t-il dans la maison ?

—Non ; une énorme averse, bien glacée, tomba en ce moment, et les paysans, qui ne se soucièrent pas de rester là à mouiller leurs jacques brunes, se dispersèrent comme des canards quand un jeune chien vient à passer dans la mare. Tout redevint tranquille.

— Et ce fut là tout?

— Non pas, seigneur chevalier. Le violon annonce la danse, comme on dit; le lendemain matin, on planta un grand drapeau blanc devant l'auberge. Les paysans s'amoncelèrent alors comme par milliers. Ils venaient de tous les villages à la fois, une pomme ne serait pas tombée à terre. A dix heures on enleva le drapeau blanc; alors tout ce monde se répandit dans la campagne. Je chantais déjà de tout mon cœur le Te Deum laudamus, mais j'avais compté sans mon hôte. Tout-à-coup on entendit une musique singulière, nous accou-

rûmes tous aux fenêtres ; figurez-vous
une file immense d'hommes, tous armés de masses, de mousquets, de piques et de morgenstern (1). D'abord
venaient trois jeunes gens qui sonnaient
du cor des Alpes ; ensuite les principaux
des paysans ; puis encore trois jeunes
rustres dans l'ancien costume suisse, ils
représentaient les trois conjurés du
Rutli. Ensuite venaient sept cents hommes armés, trois par trois ; c'est un fort
beau spectacle, mais à en frissonner de
peur. Enfin parurent trois drapeaux,
l'un auprès de l'autre, et derrière l'un
de l'autre marchaient plus de mille
paysans armés, dans le meilleur ordre,
aussi trois par trois. Les trinités sont de

(1) Le *morgenstern* est une massue armée de pointes
dont on faisait grand usage au moyen âge ; c'était
aussi l'arme des évêques, à qui il était défendu de
verser le sang.   (*Le Trad.*)

1.   3

bonnes choses, mais le diable a sans doute engendré celles-là.

— Et où se rendait tout ce peuple?

— A son église, je présume; car une heure après parurent trois envoyés des paysans, qui vinrent prier les commissaires du gouvernement de se joindre avec eux. Je ne me souciais pas d'écouter leur prêche, et je sortis. Mais bientôt j'appris qu'ils avaient lu au commissaire un long écrit rempli de lamentations sur l'inégalité de la taxe des boissons, sur l'intérêt élevé de l'argent, sur les amendes des intendans de bailliage, l'octroi de Wollhausen, les frais des collections, le monopole du sel et autres choses semblables.

— Hé bien, j'espère que tout cela est fini maintenant, dit le chevalier Mey, car la ville de Lucerne a forte

garnison ; les cantons arment de tous
côtés ; les nobles sont intimidés et né-
gocient de nouveau, et le gouvernement de Lucerne est porté à se rendre
à toutes les demandes raisonnables que
lui feront les paysans.

— En vérité ? Je m'étonne seulement
que, si les paysans ont élevé des ré-
clamations raisonnables, nos seigneurs
de Lucerne aient si long-temps tardé à
leur rendre justice, et qu'ils ne consentent à le faire que lorsque le dogue
montre ses crocs ? Il ne faut pas attendre
jusqu'à ce que l'écume s'écoule du pot,
car la graisse s'échappe avec elle.

— Sans doute, tout n'a pas été dirigé
dans le principe d'une façon convenable, dit le chevalier. Leurs seigneuries
en conviennent elles-mêmes, elles n'ont
pas moins mis le pays dans un grand
embarras.

— Voilà la chose, et nos paysans envient aujourd'hui ceux de l'Entlibuch. Celui qui trouve le gué montre le chemin aux autres.

—Les rebelles ont poussé les affaires à la dernière extrémité dans leur rage aveugle, reprit le chevalier en branlant la tête. Il est des temps et des circonstances où la force est plus nécessaire aux gouvernemens que le meilleur droit, car l'honneur est l'existence de l'autorité, ses droits mêmes ne dépendent que de sa force. Leurs seigneuries de Lucerne ne peuvent plus peut-être faire ce qu'elles voudraient; je crains qu'elles n'aient été trop grièvement offensées par les paysans.

—Monseigneur, cela veut dire qu'il faut s'exposer aux coups parcequ'on en a reçu, celui qui a manqué de prévoyance doit redoubler de prudence. L'autorité marche droit aujourd'hui, demain elle bronchera...

En ce moment, une voix mâle s'écria tout-à-coup : En vérité, voilà ce qui s'appelle bien parler, mon digne sire !

CHAPITRE III.

LE SUÉDOIS.

Le ménétrier d'Aarau recula de
frayeur, tandis que le chevalier se retournait lentement pour examiner ce
nouvel interlocuteur. De la cime de la
montagne, où le bois était le plus épais,
descendait à grands pas le voyageur qui

avait entendu les dernières paroles pro-
noncées car Wirri, et qui avait fait
éclater son assentiment. Il était dans
la force de l'âge, d'une taille élancée et
d'une complexion robuste. Son habit
militaire taillé à la façon suédoise, sa
large veste d'un gris de perle, ornée
d'une large broderie noire, ses chausses étroites, son justaucorps écarlate
couvert de tresses d'or, son chapeau à
larges bords relevé d'un côté, et couvert
d'une longue plume blanche, ses moustaches dressées, et le bouquet de poil
qui ombrageait sa lèvre inférieure,
tout contribuait à lui donner une tournure martiale et dégagée. Un long sa-
bre suspendu à un large baudrier,
était appuyé sur son bras, et il balan-
çait dans ses doigts quelques boules-
de-neige et de pâles primevères, légers
avant-coureurs du printemps, qu'il
avait sans doute cueillies sur sa route,

ou qui lui avaient été données par quelque belle.

Il s'inclina légèrement, et lorsqu'il se
trouva auprès des deux promeneurs, il
leur dit d'une voix sonore : — Ce n'est
pas mon dessin d'interrompre votre
conversation, nobles seigneurs, bien
que les paroles que j'ai entendues aient
flatté mon oreille, et que je n'aie pu me
défendre de leur donner mon appro-
bation.

Le maître chanteur et le chevalier
regardèrent un instant d'un air étonné
le courtois étranger, dont les yeux noirs
et perçans étaient fixés sur eux avec
une expression de bienveillance, et qui
découvrait, en laissant échapper un
sourire, une double rangée de dents
d'une blancheur éclatante.

— Vous êtes trop bon, monsieur,

dit le chevalier. Où se rend ainsi votre
seigneurie ?

— Du côté de Kulm, où, selon toute
apparence, vous vous rendez aussi. Si
vous daignez le permettre, je vous accompagnerai une partie du chemin.
Vous discourez, ce me semble, de la
liberté et du bien-être de notre patrie
commune, souffrez que je sois votre
auditeur, et soyez persuadés que je suis
un de ceux qui sacrifieraient tout au
monde pour notre chère Suisse.

Le chevalier, aux oreilles de qui ces
derniers mots sonnaient d'une façon
suspecte, jeta un coup-d'œil oblique sur
le voyageur, tout en continuant de suivre le chemin avec lui.

— Messire, dit le ménétrier d'Aarau
à l'étranger, vous avez entendu sonner,

mais vous ne savez pas à quel village appartient la cloche : n'importe ! Ainsi vous êtes un Suisse? Votre élégante manière de vous exprimer me faisait croire que vous étiez d'un autre pays.

— Vous avez l'oreille fine, dit l'étranger en souriant d'un air aimable. En effet, j'ai vécu presque aussi long-temps dans les pays étrangers qu'au milieu de nos montagnes. Au sortir de l'université, je me mis à étudier dans les écoles du dieu de la guerre, et il m'a fallu servir sous un grand nombre de maîtres.

— C'est cela, les voyages font l'usage, dit Wirri. Maintenant vous ne vous plairez guère dans nos pauvres châlets. Mais, comme on dit, la plus petite table est la plus solide, et le pain que mange le soldat est souvent sa dernière bouchée.

— Et, sans doute, vous avez rapporté

de riches butins de vos campagnes ? dit
le chevalier Mey. C'est ainsi qu'on se
procure de l'honneur en son pays.

— Avec votre permission, mon noble
sire, je ne partage point votre avis. Il
est vrai que le terrible dieu Mars a montré quelque reconnaissance pour mes fidèles services ; cependant si le tambour
se faisait entendre au lieu de la cloche
du presbytère, on me verrait remonter en selle et me remettre en campagne.
Plutôt perdre tout avec honneur sur le
champ de bataille, que de pourrir ici,
corps et âme, couché sur la peau d'ours.

— Voilà parler en vrai soldat, dit le
seigneur. Mais puisque vous êtes un si
bon Suisse, la patrie aurait dû recevoir
le secours de votre bras, de préférence
aux autres pays.

L'étranger se mordit un peu les lèvres;

et répondit : L'observation de votre
seigneurie serait de toute justesse, si
j'avais eu l'honneur d'être patricien dans
une des villes de gouvernement. Les
autres pauvres petits bourgs sont obligés, comme vous devez le savoir, de se
contenter de la chétive pitance de franchises et de droits qu'on a bien voulu leur
abandonner; et le peuple des campagnes
n'est pas nourri comme le sont les trou-
peaux, à cause de son lait et de sa laine.

Le chevalier jeta de nouveau à la dé-
robée un regard de défiance sur le voyageur; il lui sembla prudent de l'inter-
roger plus amplement, et de chercher à
connaître son nom, son rang et le lieu
de sa demeure. Il s'efforça donc de
dissimuler l'impression que lui avaient
fait éprouver ses paroles, et lui dit d'un
ton détaché : Il me semble que vous
nous jugez un peu rigoureusement; si

vous aviez vu le bien-être qui règne
dans nos villages, l'état de l'agriculture
dans tout le pays, vous rendriez, je le
pense, plus de justice aux vues de notre gouvernement.

— La prospérité du pays, répondit
l'inconnu, n'est pas l'ouvrage du gouvernement; c'est le fruit du travail et
des sueurs du peuple. Je ne sais pas ce
que l'autorité fait pour le sol; mais je
sais ce qu'elle en retire. Tout prendre
à la fois serait une folie; autant vau-
drait attendre de l'eau en comblant la
source. Ne soyez pas étonné que je sois
un peu formé sur cette matière; j'ai
payé cher mes leçons. D'ailleurs, dites-
moi, que vaut un homme d'honneur
ici, s'il ne porte la toque de chevalier
ou la barrette de haut-bailli? Sans me
vanter, tel que vous me voyez, le grand
foudre de guerre, l'immortel feld-ma-

réchal Torstensohn m'a traité comme
son propre fils ; le prince de Transyl-
vanie, le célèbre Ragotzki, me parlait
comme à son égal, et que de fois me
suis-je assis à table entre deux princes !
Ici, chaque petit gentilhomme se croit
plus que moi, me regarde du haut en
bas comme son vassal-né, et attend que
je lui fasse ma cour. Ah, ah ! j'ai vu
bien d'autres majestés !

— C'est que, sans doute, on n'aura
pas connu vos services, dit le chevalier
avec un sourire presque imperceptible.
Votre extrême modestie vous les aura
fait passer sous silence.

—Avec votre permission, noble sire,
répliqua le soldat, il conviendrait peu
de me vanter de mes services s'ils n'é-
taient pas réels ; mais il n'y aura pas de
gentilhomme qui osera me souffler son
orgueil au visage, sans que je lui fasse

sauter la poussière de ses souliers. Si
l'on n'était pas encore, par-dessus tout
cela, pillé légalement, on pourrait se
moquer de toutes leurs fanfaronnades.

— Comment l'entendez-vous, messire ? dit le chevalier d'un air sombre.

— Comme chacun l'entend ! dit l'é-
tranger ; car bien que vous voyiez envo-
ler la moitié de votre argent si bien acquis, au moyen des maraudeurs, on ne
vous comptera pas moins un jour le
tout sur le grand-livre de compte. Moi
seul j'ai payé de plus de deux mille florins la mesure paternelle que viennent
de prendre nosseigneurs. D'abord, on
inonda les campagnes, comme vous
savez, des monnaies de cuivre souabes,
et après que les seigneurs eurent net-
toyé leurs bourses de ces ordures et em-
poché l'argent, ils arrêtèrent que les

batzens perdraient la moitié de leur valeur. Les paysans furent ainsi attrapés,
et les bourgeois en rient encore à leur
barbe. Le grand-turc est plus loyal que
vos autorités chrétiennes.

Le chevalier, qui avait écouté tout ce
discours dans le plus grand silence, les
yeux fixés sur l'orateur, lui dit enfin :
Qui que vous soyez, il ne vous convient
pas de parler de la sorte de nos gracieux et puissans seigneurs. L'enfant
qui maudit son père, le vassal qui
médit de son maître, le sujet qui dé-
clame contre l'autorité, ne font que
proclamer leur propre honte. Qui êtes-
vous ? D'où venez-vous ?

L'étranger parut plus offensé que surpris de la rudesse de ces paroles. —
Quelle mouche vous pique, noble seigneur ? dit-il. Ce sont des questions

que je dois vous faire moi-même, afin que je sache si je dois vous répondre.

— Je suis le chevalier Mey, seigneur suzerain de Rued.

— Ainsi je suis sur votre territoire, *tuam ipsius terram calcamus!* Hé bien, j'ai vu d'autres majestés, et je n'ai jamais entendu dire que vous fussiez mon suzerain. Ne vous échauffez donc point, *Aliud in choro, aliud in foro*, c'est ma divise. Et ainsi *addio!* que le ciel vous bénisse!

— Demeurez! s'écria le seigneur d'une voix tonnante.

L'étranger se retourna, revint d'un pas ferme auprès du chevalier, et fixa quelques momens sur lui ses grands yeux noirs d'où s'échappaient des éclairs de feu : Si vous portiez une épée,

1. 3.

lui dit-il, je me donnerais la satisfaction de vous enseigner ce que c'est que
courtoisie, et de vous apprendre comment on doit parler à des gens d'honneur
qui ont obtenu leur avancement sur le
champ de bataille. Moi et mon épée
nous pesons autant que toute votre
suzeraineté, afin que vous le sachiez.
Je vous donne ma parole que vous
trouverez occasion d'apprendre à me
connaître, quand vous y attacherez
quelque prix.

Le seigneur conserva, pendant ce
discours, son attitude fière, et s'écria :
Je vous ordonne de demeurer, ou bien...

— Ou bien? reprit l'homme de
guerre avec un rire moqueur. Que si-
gnifie ce *ou bien* à un homme qui a passé
deux fois l'Oder avec le feld-maréchal
Torstensohn. Quoique vous soyez deux
contre un, je ne vous conseillerais pas

de me molester. Le petit homme épais
que vous avez là auprès de vous, je lui
ferais mordre le gazon d'une chique-
naude.

— A sots propos point de réponse,
dit maître Wirri en reculant de quelques pas d'un air inquiet. Je n'ai pas
de pois à cueillir avec vous; ainsi laissez-moi en paix. Cependant n'oubliez
pas qu'un petit homme peut aussi jeter
une grande ombre.

— N'avez-vous rien de mieux à me
dire? *Valet!* dit le fier compagnon de
table du prince Ragotzki, et s'éloignant
à grand pas, il disparut bientôt sous les
pins.

Le chevalier demeura quelques momens indécis, et sembla vouloir se mettre à sa poursuite; mais il se décida à
reprendre avec le ménétrier le chemin
du château. — Ce fin compagnon se

retrouvera quelque part dans le monde, dit-il. Doublons le pas, maître Wirri, pour arriver plus tôt à la châtellenie. J'enverrai mes chasseurs à sa poursuite, et on l'arrêtera dans le premier village. Il faut qu'il paie ses fanfaronnades.

— C'est aussi mon avis, dit le ménétrier; il chantera sur une autre flûte. On a redressé des branches plus tordues. En vérité, je me réjouis déjà de voir courir ce jeune paon, les pouces un peu serrés. Quatre semaines au régime de l'eau et du pain, dans la tour, ne seraient pas trop pour le punir d'avoir manqué de respect à un haut baron du pays. Je ne veux pas faire mention de ma pauvre personne, bien qu'il m'ait tenu un langage qui n'était pas convenable. C'est un aventurier, un vagabond ou quelque chose de pire, et il ne se loue autant que parceque ses

voisins ne sont pas là pour le démentir.
Nous autres nous pouvons dire nos
noms, au jour comme à la nuit; ce
qu'on n'a pas en foin, on l'a du moins
en paille.

Le maître chanteur, dont la respiration devenait de plus en plus courte
durant cette apostrophe, se tut entièrement afin de rejoindre le seigneur, qui
descendait la montagne d'un pas rapide. Au bout de quelques instants ils
aperçurent au-dessus des arbres les
tourelles du château. La nuit s'élevait
déjà du fond de la vallée, et l'on voyait
quelques lumières briller aux fenêtres.

Dès qu'ils furent arrivés sur l'esplanade, le seigneur appela quelques uns
de ses gens, et les dépêcha avec des ordres; puis il ordonna à son intendant
de bien traiter maître Wirri, et se retira dans son appartement.

CHAPITRE IV.

—

UN NOUVEAU MESSAGE.

La rencontre qui avait eu lieu sur la montagne n'occupait pas moins, sans doute, la pensée du chevalier Mey que celle du maître chanteur. Ce dernier, du moins, ne s'était pas lassé, pendant tout le souper, de raconter à l'intendant tous les détails de la courte aventure du bois. Son imagination s'exaltait en décrivant la démarche fière et héroïque de l'inconnu, ses formes de langage étrangères, ses façons à la fois brusques et courtoises, son costume élégant, ainsi que son audace et son intrépidité. A force d'y réfléchir, toutes ces choses semblaient former un tout extraordinaire. Plus il mangeait, et plus il buvait, plus il paraissait convaincu que cette apparition était surnaturelle, et cela avec d'autant plus de raison que personne du château n'avait rencontré l'étranger, que sa route amenait tout naturellement aux portes de la châtellenie, et dont la tournure eût certainement attiré les regards.

— Je pensais, dit-il à l'intendant en achevant de vider une bouteille, je pensais, pendant cette querelle, que les choses n'étaient pas comme elles devaient être. Monseigneur le chevalier n'aurait pas dû se prendre de paroles avec ce Suédois. Il ne faut pas chercher à tirer le filet avant d'avoir regardé quel poisson s'y trouve. Le seigneur s'échauffa tout-à-coup et poussa l'affaire trop loin. Il aurait pu se dispenser d'ordonner quand il n'avait personne pour faire exécuter ses ordres. Il faut laisser aller les roues quand on ne peut les arrêter. C'est ce que je dis toujours. Pour moi, je me garderais bien de mettre les doigts entre le mur et la porte. Ce qui ne nous regarde point ne mérite pas qu'on s'en tourmente.

— Avec tout cela, maître Wirri, dit l'intendant en hochant la tête, je n'en sais pas plus que vous.

— Croyez-vous, maître intendant,

que je vous donne du sable pour du
poivre? dit le ménétrier d'un air offensé.
On verra bien qui avait raison. Ce que
mes yeux ont vu, je le sais un peu, sans
doute. Il faut bien des pelletées de terre
pour enterrer une vérité. Je vous le dis,
les gens qu'on a envoyés ne prendront
pas ce Suédois. Il y a de singulières affaires dans ce temps-ci, et on en verra
de plus singulières encore. Il se passe
aujourd'hui des choses comme on en cite
cite dans les chroniques. Un homme
qui serait tout simplement d'une nature
comme la nôtre ne se serait pas avisé
d'en narguer ainsi deux autres, et de
parler comme il l'a fait à monseigneur le chevalier. Vous paraissez en
douter ; seriez-vous un esprit fort, par
hasard ?

— Si vous voulez m'accorder un petit
moment d'attention, dit l'intendant, je
vous dirai nettement tout ce que je pense

de cette rencontre. Si ce n'est pas, ce dont Dieu nous garde, le diable qui est venu vous tourmenter, ainsi que monseigneur, c'est, à n'en pas douter, un des rebelles qui, le ciel nous assiste! voudraient renverser toutes les autorités que Dieu a établies; ce qui me rend surtout ce drôle suspect, c'est une circonstance qu'on ne doit pas laisser que de remarquer, à savoir que personne de nous ne l'a vu passer sur le préau.

— C'est bien ce que je dis aussi! s'écria Wirri. C'est là que gît le lièvre.

— De la sorte et par conséquent, continua l'intendant, le scélérat a pris un détour par un sentier du bois pour échapper aux regards des habitans du château.

— Quoi! reprit le ménétrier d'un ton

colère, vous figurez-vous que nous
deux, le chevalier et moi, nous aurions
reculé devant un homme ordinaire, à
cause du morceau de fer qui battait sa
cuisse? Non, messire, croyez-moi,
notre seigneur Dieu a laissé encore de
singulières créatures entre ciel et terre,
et tout ce qui porte un toit n'est pas
une cabane. Vous imaginez-vous que
monseigneur ait eu les pieds pris dans
la fange quand il ne lui a pas été pos-
sible de faire un pas en avant, ou que,
moi, je fusse étourdi de votre demi-
verre de piquette d'Alsace, lorsque les
yeux m'ont brûlé comme des charbons?

Cette conversation fut plus longue
que je n'oserais la rapporter, et le bon
ménétrier acquérait, à chaque trait qu'il
puisait dans son verre, une conviction
plus intime de la nature diabolique de
l'apparition qui avait eu lieu dans la fo-

rêt. Cette croyance était en quelque sorte nécessaire à son amour-propre blessé, et lui permit bientôt de se faire illusion à lui-même sur la poltronnerie dont il avait fait preuve dans cette circonstance.

La soirée était déjà avancée lorsqu'un serviteur du chevalier vint inviter le maître d'Aarau à se rendre dans l'appartement du seigneur. Bien que la lassitude et le vin eussent tellement affaibli les facultés du ménétrier, que les traits de l'intendant, qui étaient aussi fortement entaillés que les contours d'une vignette en bois, ne parussent plus à ses yeux à demi fermés que comme une ombre vaporeuse, ce message le rappela tout-à-coup à ses idées. Il suivit le serviteur, qui le conduisit, un flambeau à la main, le long d'un escalier de pierre, et qui ouvrit une porte basse.

Le seigneur était assis dans une petite chambre obscure, auprès d'un foyer
dont les restes éclairaient à peine les
plantes de ses pieds appuyés sur les che-
nets. Auprès de lui brûlait une lampe
dont la clarté mourante permettait diffi-
cilement de distinguer sur la petite table
qui la supportait un grand amas de papiers en désordre. Le chevalier avait le
coude appuyé sur cette table, et son front
reposait sur sa main. L'arrivée du ménétrier le tira de sa rêverie. Il se releva
en silence, prit sur le bord de la fenêtre
un lourd flambeau d'argent, l'alluma
au lumignon de sa lampe ; puis il jeta
quelques sarmens de bois sur les tisons
de la cheminée. Une flamme brillante
qui pétilla bientôt éclaira toute la chambre, et son éclat se répéta agréablement
dans les dorures qui ornaient les boise-
ries, le plafond et les panneaux de la
cheminée.

—Maître, dit après quelques momens de réflexion le seigneur, j'avais entièrement oublié la lettre que tu m'as apportée du doyen Rusperli d'Aarau. Je viens de la retrouver à l'instant, et de la lire. Elle me semble fort importante sous plusieurs points de vue. J'ai toute confiance en toi. Tu peux me rendre quelques services, et tu n'auras pas à te plaindre de mon manque de reconnaissance. Tu es un homme de tête, qui sait mesurer ses paroles, et se taire aussi quand il le faut.

—Je suis muet alors comme le miroir auquel manque le verre; car personne ne se fait tort en se taisant, et il faut moins de temps pour dire dix sottises que pour en faire une, comme je le sais fort bien, seigneur chevalier.

— Connais-tu un peu le canton de la

châtellenie de Trostbourg, dans la vallée du Diable et le pays des Frênes ?

— J'ai souvent vu les ruines de Trostbourg quand je passais par la vallée de Liebegg pour me rendre à Kulm. Ses grandes murailles s'étendent d'une manière pittoresque, à l'entrée d'une petite vallée déserte. Ces murs tout ruinés semblent ne plus être attachés ensemble que par les festons de lierre dont ils sont tout couverts.

— Bien. Au pied de cette colline est ce qu'on appelle la vallée du Diable, et entre les montagnes qui la ferment, presque à pic, se trouve le village des Frênes.

— Cela peut être ; car l'homme place souvent son nid où l'ours ne voudrait pas mettre le sien.

— N'as-tu jamais entendu parler d'un

certain Addrich des Mousses qui demeure dans ce canton? c'est le plus riche fermier du pays.

— Je ne me souviens pas de l'homme. Peut-être en ai-je entendu parler, peut-être non. Il n'y aurait pas de grange assez spacieuse pour contenir ce qui passe entre deux oreilles.

— On rapporte de lui des choses merveilleuses. On prétend qu'il n'a pas acquis son bien par des voies très légitimes ; qu'il est en rapport avec les esprits ; qu'il a chez lui des figures de femme qui ne sont que des apparitions surnaturelles, et mille autres choses semblables. Il vous dira que ce sont là les propos qui courent parmi le peuple.

— Que Dieu vous protége si vous parlez de celui que je pense! Il demeure

là-bas un homme dont on disait des
choses terribles, il y a quelques années,
du temps que la grande route de Lucerne
n'était pas sûre. Il est devenu, dit-on,
en une nuit, de pauvre gueux qu'il était,
riche comme un seigneur. On assurait
qu'il avait trouvé un trésor dans les ruines de Trostbourg, mais qu'il en avait
coûté la vie à un pauvre enfant innocent,
dont il avait pris la graisse pour ses
enchantemens. Depuis, tout est rede-
venu tranquille à Trostbourg; mais je
n'y repasse jamais. Si je rencontrais ce
drôle-là dans un bois, je ferais un signe de croix, et je me sauverais jusqu'à
Constantinople.

—Mais tu ne vas pas croire, je l'espère, à des bavardages de vieille femme,
Heini?

—Je ne crois pas tout ce qu'on rapporte; mais, monseigneur, tous les propos ne sont pas des fagots, comme on dit. J'ai aussi entendu parler des belles femmes qu'on aperçoit chez lui, sans qu'on sache trop comment elles y sont tombées. On assure que l'une d'elles sait toutes les choses de l'avenir, et que l'autre connaît tout ce qui se passe sous terre. Sans doute on les dit jolies; mais il y a des gens qui prétendent qu'elles ne sont pas de chair comme nous.

— Et que seraient-elles donc?

— Des lutins, des gnômes, des concubines du diable, que sais-je?

— Hé bien! vois, Heini, quelle est la stupidité du peuple. L'une de ces femmes est réellement la fille d'Addrich, qui est frappée d'une maladie incurable et qui a éprouvé des accidens extraordinaires, et l'autre, je la connais moi-même, c'est la fille du défunt beau-frère d'Addrich: elle se nomme Epiphania, ou, comme on la nomme par abréviation, Fannely ou Fannia; le doyen d'Aarau est son parrain; car son père était greffier et camarade d'école du révérend. Il est mort il y a quelques années dans l'Obersimménthal, où il s'était retiré auprès d'un ami, après mille dégoûts et la perte de sa place. Tu vois maintenant, Maître, comme il faut ajouter foi aux bavardages des oisifs.

—Sans doute, une langue peut beaucoup mentir; mais deux langues peuvent mentir mille fois davantage. Les gens n'ont à faire qu'à parler. Cette Fannely peut être une fort brave fille, bien que personne ne loue le toit sous lequel elle demeure. Il pousse aussi des violettes dans les mauvaises herbes.

—Cet Addrich est devenu un homme fier et puissant depuis qu'il est devenu riche.

— Les plus hauts chardons sont ceux qui piquent le plus, mon digne seigneur.

— Écoute-moi: le doyen d'Aarau m'annonce qu'il y a beaucoup à craindre de cet Addrich des Mousses. Il prétend savoir de source certaine que ce personnage fait partie des rebelles, et qu'il les soutient de tout son pouvoir. Il dit aussi que l'insurrection est près d'éclater dans l'Argovie, et qu'Addrich est un des principaux meneurs. Tout cela me paraît assez vraisemblable; car ce coquin-là est un menteur de race. Mais le vénérable doyen est fort inquiet de la jeune Epiphania, qui se trouverait au milieu de tous ces désordres, et il me supplie de ne négliger aucun moyen d'arracher la fille de son ancien ami des griffes de cet Addrich, et de l'envoyer à Aarau. Mais tu conçois que cet enfant ne serait pas fort en sûreté à Aarau; car, qui peut savoir jusqu'où ira dans les premiers momens l'audace des rebelles. En supposant qu'ils pénètrent dans la ville, et qu'Addrich lui-même soit avec eux, que deviendra la pauvre fille, et qui nous répond que le caractère sacré du doyen et ses cheveux blancs la préserveront de la rage de ce forcené?

— Cela serait fort à craindre, car la colère et la vengeance sont de terribles conseillers.

— Quoi qu'il en soit, nous devons sauver Epiphania. Cette jeune fille se rendra à Berne dans ma famille, elle habitera ma propre maison jusqu'à ce que le pays soit pacifié. C'est un ange de douceur et de bonté. Si tu veux m'aider dans cette entreprise, tu n'auras pas lieu de t'en repentir. Il faut que la chose s'exécute, dût-il en coûter cent florins.

— Monseigneur, j'ai toujours été votre obéissant serviteur, et pour vous j'irais dans le feu de l'enfer; mais dans cette affaire-ci, je ne vois comment je pourrais vous être utile.

— Le voici: je ne puis envoyer aucun de mes gens, car tout le monde les connaît, et je ne me fierais pas à un paysan. De tous les messagers que je connaisse, c'est toi qui es le meilleur. Tu es ménétrier, tu parcours joyeusement le pays sans que personne fasse attention à toi; demain je te donnerai une lettre pour Epiphania; tu prendras un prétexte, tu te rendras dans la maison qu'elle habite; tu épieras l'occasion, et tu remettras secrètement mon billet à la jeune fille, sans qu'Addrich puisse en concevoir un soupçon; vous concerterez ensemble les moyens de la faire évader, et de gagner par la forêt le châ-

teau de Liebegg; là tu la tiendras ca-
chée jusqu'à ce que j'envoie quelqu'un
pour la reprendre. Une lettre que j'a-
dresserai au chevalier Graviset de Liebegg, t'assurera un bon accueil au
château.

— Je voudrais déjà m'y trouver auprès d'un bon feu et d'une bouteille
pleine. Mais si la belle Epiphania s'avisait de me renvoyer bien loin avec votre message, que deviendrais-je? Monseigneur, j'aimerais mieux attendre un
bon accord d'un violon fêlé, qu'une
bonne résolution du cœur d'une jeune
fille.

— La lettre dont je te chargerai la
disposera à t'écouter favorablement;
sois-en sûr, Heini.

En dépit de cette assurance, maître

Wirri ne semblait pas avoir une voca-
tion bien décidée pour l'office dont le
seigneur voulait l'honorer; bien que le
vin qu'il avait bu à grands traits eût
augmenté son courage ou plutôt son
étourderie naturelle, il frémissait à l'i-
dée de se trouver seul à seul devant ce
terrible Addrich dont il était tant question dans les montagnes, et d'habiter
sous le même toit que ces êtres fantas-
tiques que l'on prétendait avoir vus
souvent errer au clair de la lune sur
les revers à pic des vallées. Cependant
l'éloquence du seigneur, ou peut-être
plus encore la libéralité avec laquelle il
lui remit, comme avance, quelques
écus cordonnés, avec la promesse de
l'habiller à neuf à son retour, triom-
phèrent de la répugnance de maître
Wirri à se mettre en campagne.

— Qui donne beaucoup, a droit de

beaucoup exiger, s'écria le ménétrier d'un ton résolu, et il donna sa parole de remplir le délicat message avec une fidélité à toute épreuve, dût-il, comme le dit le courageux serviteur, lui en coûter le col et la fraise.

Il faut dire ici toute la vérité : une cause secrète plaidait encore dans l'âme du ménétrier en faveur de cette dangereuse aventure. Chaque fois que le chevalier parlait d'Epiphania, — et il fallait bien qu'il y revînt souvent, pour que Wirri pût la reconnaître, et qu'il ne la confondît pas avec une autre, — la description qu'en faisait le seigneur prenait aux yeux du ménétrier les couleurs les plus brillantes et les plus vives, et il s'en fallait peu que l'imagination de ce dernier ne s'enflammât à l'idée des charmes dont il parait la jeune fille. Il voyait déjà dans Epiphania la beauté

1.   4.

la plus ravissante, animée de toutes les
grâces virginales, et certaine possibi-
lité qu'il entrevoyait, ainsi que toutes
les conséquences délicieuses qu'en tirait
son esprit, contribuaient plus à l'enivrer
que les fumées du vin de l'intendant.

Wirri était un vieux célibataire, et
l'on comprendra toute l'étendue de ce
mot; et en outre il était poète, et de plus
adorateur né de la grâce et de la beauté.
De même que le seigneur semblait
quelquefois oublier son auditeur en
s'étendant avec complaisance sur les
charmes d'Epiphania; celui-ci semblait
à son tour perdre entièrement de vue
le narrateur pour se peindre les larmes et la douleur de la jeune fille aban-
donnée, se représenter à lui-même
comme son libérateur, et se voir en
espérance récompensé par les plus
tendres sentimens. Sa pensée complé-
tait tellement ce rêve, qu'elle lui lais-

sait entrevoir jusqu'aux circonstances qui devaient l'accompagner. — Le généreux seigneur de Rued, se disait-il, ne pourra manquer de se joindre au doyen d'Aarau pour former la dot de la jeune épouse; et tous les nobles protecteurs des deux familles se plairont à contribuer avec magnificence à l'union des arts et de la beauté.

Qu'on se garde de rire avec dédain des châteaux que construisait à si peu de frais l'esprit de maître Wirri. Que d'autres l'ont imité en semblables circonstances! Et que de fois la créature la plus timide et la plus pieuse n'a-t-elle pas oublié au milieu de l'église, et le prédicateur et le sermon, pour s'élancer sur l'hippogriffe,

Et voyager gaîment dans le pays des songes (1)!

(1) Vers emprunté au début de l'*Oberon* de Wieland. (*Le Trad.*)

On a vu de dignes gens, même de l'âge et de l'état de maître Wirri, se laisser involontairement porter au premier coup d'éperon, vers un but qu'ils ignoraient eux-mêmes, à peu près comme un cheval de poste bien exercé part au premier coup de fouet, sans qu'il soit nécessaire de le toucher, et parcourt sans guide la route qui s'offre à lui, jusqu'à ce qu'il sente la bride qui l'arrête. Ce fut le chevaler qui fit cette fois l'office de postillon.

— Oui, oui, Heini, dit-il en le menaçant du doigt en souriant, prends garde à ton cœur, ne regarde pas trop fixement dans les yeux de Fannely, autrement maître Wirri d'Aarau pourrait bien dire adieu à sa tranquillité.

— Ah! le ciel m'en garde! dit Wirri en cherchant à cacher sa pensée. Vous voulez un peu vous rire du pauvre ménétrier, monseigneur; mais ce n'est pas cela : *Amans amens,* et comme on dit :

> Propos d'amour
> Et joyeuse chanson
> Plaisent un jour;
> Mais ce n'est qu'un vain son.

Il y a long-temps que je suis revenu de tout cela. Non, non; en amour, tout n'est pas miel. Aussi j'aime mieux rester comme je suis, et si jamais je vais en paradis, ce n'est pas Ève qui m'en fera sortir.

Pendant ce colloque, on entendit l'horloge sonner minuit. Le seigneur se retira, et dit à maître Wirri de venir chercher ses lettres dès le matin.

CHAPITRE V.

—

UN BON COMPAGNON.

Bien que le sommeil du maître chanteur se fût prolongé fort au-delà du lever du soleil, les lettres qu'il attendait ne se trouvèrent pas encore prêtes. Il ne conçut aucune humeur de ce retard, soit parcequ'il eût volontiers été té-

Moin du spectacle que lui eût procuré
l'arrestation du Suédois, qui l'occupait
encore, soit parceque le moment du principal repas, qu'on nomme aujourd'hui
le dîner, et qui avait lieu alors dans les
premières heures du jour, était fort
proche. Les chasseurs qu'on avait ex-
pédiés à la poursuite de l'étranger re-
vinrent enfin; mais ils n'avaient pu
trouver aucune trace de celui qu'ils
avaient cherché. La curiosité de Wirri
se trouvait alors déçue; mais un fumet
savoureux s'exhalait déjà des plats
nombreux placés sur la table de l'intendant, et le ménétrier s'empara sans
façon de la place d'honneur. La dispa-
rition subite de l'élève du vaillant
Torstensohn fit le principal sujet de la
conversation que tinrent les convives.
Wirri, qui croyait alors de bonne foi
aux idées merveilleuses qu'avaient en-
fantées en lui, la veille, les vapeurs

du vin, ne cacha pas à l'intendant l'orgueil qu'il éprouvait de son triomphe,
et vantait surtout sa perspicacité qui lui
avait fait reconnaître tout d'abord un
émissaire du démon dans l'aventurier de
la montagne. L'intendant lui-même
n'était pas fort éloigné de donner son
assentiment à l'opinion du ménétrier, à
qui ses voyages devaient avoir appris une
foule de choses entièrement inconnues
aux obscurs habitans du Ruederthal.

Le repas s'acheva enfin, en dépit de
tous les efforts que fit pour le prolonger maître Wirri, qui se rendit alors
auprès du seigneur, en reçut les lettres
dont il voulait le charger, quelques instructions nouvelles, et qui ne tarda pas
à se mettre en route accompagné des
vœux du maître pour la réussite de son
voyage.

Il gravit d'un pas lent la montagne,

t s'avança, non sans une terreur secrète, vers le lieu de la forêt où, la
veille, il avait fait, avec le chevalier,
une rencontre qui lui semblait si extraordinaire. A chaque pas qu'il faisait,
il lui semblait apercevoir au milieu des
broussailles le visage menaçant et terrible du Suédois. Il gagna cependant
sans aucune aventure l'extrémité de la
montagne et du bois, et descendant ensuite l'autre versant, il parvint, à travers
de vastes plaines et des champs fertiles,
au village de la riante vallée de Kulm.

Là, il reposa ses membres fatigués
dans l'hôtellerie principale, et un repas
fort copieux lui rendit de nouvelles forces. Cette pause lui fut utile de plus
d'une manière ; car son hôte, qui semblait au reste assez avare de ses paroles,
lui indiqua d'une façon plus précise la
demeure d'Addrich. La maison de cet

homme, sur le compte duquel l'hôte re-
fusa positivement de s'expliquer, soi
en bien soit en mal, se trouvait, selon
les informations qu'il en donna, vers le
milieu de la vallée du Diable, non loin
de Arsch, dans une gorge de montagnes
que l'on nommait *les Mousses*, et qui se
prolongeait à l'ouest entre de grandes
forêts de pins. Avant qu'Addrich vînt
s'établir dans ce canton, ajouta l'hôte,
toute cette étroite vallée n'était qu'un
immense marécage que le propriétaire
avait cédé pour une somme fort modi-
que. Mais depuis qu'Addrich avait donné
ses soins à ce sol, il s'était changé en
grasses prairies; et une maison plus
belle que toutes celles du village s'était
élevée au sommet de la montagne, om-
bragée par les arbres de la forêt qui la
cachaient entièrement.

Lorsque notre voyageur n'eut plus

rien à apprendre, il prit congé de l'hôte,
qui semblait l'observer avec une grande
attention, et il se remit en route à travers la forêt, plus tard qu'il ne l'avait
voulu sans doute, car les ombres de la
nuit commençaient à s'épaissir, et l'on
distinguait à peine les objets lorsqu'il
passa devant les ruines du château de
Trostbourg pour traverser la partie du
bois à l'extrémité duquel il devait at-
teindre le but de sa mission. Un vent
froid soufflait du haut des montagnes et
lui rendait ces contrées inconnues encore plus inhospitalières.

Le maître chanteur, pour qui un bon
gîte n'était pas une chose de peu d'im-
portance, et qui soupçonnait, non sans
quelque fondement, qu'il aurait peine à
trouver, dans ce coin de terre éloigné,
un souper confortable, avisait déjà s'il
ne serait pas plus prudent de retourner

sur ses pas, et de remettre au lendemain matin l'enlèvement de la belle
Épiphania. Car, quelque pressante que
fût cette affaire, au dire du chevalier,
il voyait à chaque pas s'augmenter le
nombre des motifs qui l'engageaient à la
remettre, et il ne pouvait s'empêcher de
reconnaître qu'il y avait infiniment
moins de danger dans une sage lenteur,
que dans une trop vive précipitation.

Il se retournait déjà pour reprendre
le chemin qui menait à Trostbourg,
lorsqu'il s'arrêta tout-à-coup, comme
pétrifié à l'aspect d'un homme d'une
taille gigantesque, dont la tête dépassait
la sienne de plus d'une demi-palme, et
qui s'était arrêté auprès de lui. Sa large
jaque de serge grise, et ses chausses à
longs plis qui retombaient sur ses genoux, lui donnaient la tournure d'un
paysan. Le crépuscule permettait en-

core de distinguer les traits de son visage, qui offraient une expression sombre et sauvage, que les pommettes sail-
lantes de ses joues, les longues moustaches qui s'avançaient entre un nez
aquilin et un menton aigu, ne contribuaient pas à adoucir. Mais rien n'éga-
lait l'expression terrible du regard
étincelant qui s'échappait de dessous
ses sourcils noirs et touffus, et dont le
pauvre ménétrier essayait en vain de
soutenir l'éclat.

— Où allez-vous ainsi, landsmann?
dit d'une voix forte et cependant un peu
altérée, le paysan, qui semblait âgé
d'environ soixante ans.

— Je songeais à gagner encore ce
soir Arsch, où j'ai quelques affaires,
répondit maître Wirri. Cependant je
commence à craindre que je n'en sois
encore trop éloigné. Je ne connais pas

la route, et je suis étranger dans ce pays; il fait aussi par trop sombre; et la nuit, comme on dit, n'est l'amie de personne.

— Cet endroit n'est pas très éloigné. Je m'y rends, et je vous accompagnerai. Faites seulement en sorte de me suivre.

Le maître chanteur obéit involontairement (nous ignorons si ce fût par crainte ou par complaisance), et marcha à grands pas, auprès de l'Hercule campagnard, qui prit, comme le ménétrier le présuma, une route qui descendait au vallon. Wirri n'aurait eu aucune raison plausible de se refuser à suivre ses pas; et, sans doute, il ne se souciait pas d'exciter, dans un tel lieu, les soupçons d'un homme qui lui semblait si redoutable. Au reste, l'adroit ménétrier croyait avoir reconnu dans l'organe, ou plutôt dans la manière

dont son guide avait prononcé le peu
de paroles qu'il avait laissé échapper,
un certain ton de franchise qui devait
éloigner tous les soupçons qu'aurait pu
faire naître le peu de charme répandu
sur son visage.

— Après la marche, on aime le repos,
dit Wirri. La vallée n'a pas une mine
très hospitalière, ajouta-t-il; périphrase
qu'on aurait pu traduire par ces mots:
L'art de la cuisine est-il en honneur
céans, et trouverons-nous bon feu et
bonne chère?

— Je te mènerai dans une auberge
où un haut baron ne refuserait pas de
séjourner, répondit le paysan.

— Voilà qui se laisse entendre! Les
hommes sont comme les horloges,
quand on veut les faire marcher, il faut
les remonter. J'ai déjà fait aujourd'hui
un bon bout de chemin.

— Viens-tu de loin comme cela ?

— Tel que tu me vois, mon ami, je viens d'Aarau, et je suis le maître chanteur Heini Wirri. Peut-être mon nom est-il venu jusqu'à toi ; car il est connu dans plusieurs pays du monde, je m'en flatte. Maintenant tu vas me dire que d'Aarau ici il n'y a pas cent lieues ; sans doute, mais les courtes jambes font les routes longues, comme on dit.

— Cela est sûr ; et le mont Rueder, dont tu parles, n'est pas doux comme une plaine.

— Ai-je parlé du mont Rueder ? Alors j'ai fait comme celui qui prit une jeune fille quand il faisait nuit, et qui se trouva avoir une vieille quand il fit jour.

— Le baron de Rueder est toujours

un chasseur, j'imagine? C'est un digne
seigneur, celui-là, et comme il y en a
peu à la ronde. Pour lui, je me mettrais
au feu. Oh! le digne homme! Il se
porte bien, je l'espère. Tu ne le connais pas peut-être?

— Moi, ne pas le connaître! J'allais
déjà chez lui quand je n'étais pas plus
haut qu'une haie de deux ans. A ses
noces, j'ai fait une pièce qui aurait mérité d'être imprimée sur du satin, et
dès que j'arrive à Rued, c'est aussitôt
grand'chère, et déployons la nappe!
Et tu sais, mon ami, qu'on fait les plats
suivant les hôtes.

— A ta place, j'y serais resté encore
cette nuit; car la maison du paysan ne
vaut pas celle du seigneur.

— C'est juste, mon ami; mais toute

médaille a son revers, et les honneurs
ne sont pas que douceurs. Nous autres,
nous avons encore d'autres affaires que
celles qu'on termine avec la cuillère et
la fourchette.

— Je le pense aussi. Peut-être quelque message de Rued ? Je vois bien que
tu es un savant; et les gentilshommes
aiment à se servir de ces gens-là.

— Sans doute, mon ami, il y a plus
d'une ressource avec ceux qui ont étu-
dié dans les livres. Il est vrai que le seigneur de Rued m'accorde quelque confiance, mais il sait aussi à qui il s'a-
dresse. Et si je ne lui étais pas aussi
attaché, j'irais me promener quelque
autre part que sur ce chemin à pic, qui
a l'air fait tout exprès pour se rompre
les jambes.

— Je pourrai demain lui faire connaître toute l'amitié que tu lui portes, car dès le jour je serai à Rued. Les paysans ne valent pas à eux tous un kreutzer rouge. Il faut qu'il le sache. Ils veulent tous se joindre aux rebelles de Lucerne, et il n'est pas juste de laisser les autorités dans l'embarras. J'irai le prévenir. Il y en a déjà... suffit. Je ne te connais pas, mais j'espère que tu auras bouche close, et que tu ne diras pas ce que tu viens d'entendre; autrement je ne serais pas sûr de sauver ma pauvre vie.

— Ne crains rien, mon ami : je suis un homme loyal, et discret par-dessus tout. Il est vrai que nous n'avons pas encore trempé notre pain dans la même soupe; mais qui ne confie rien, n'apprend rien à son tour. Parle donc toujours. J'ai déjà remarqué que nous suivons la même route; et ce que tu me

diras, c'est comme si tu le disais au chevalier Mey, lui-même. Ainsi, n'hésite
plus, et découvre-moi toute l'affaire.

— Je crois à ta parole, maître; il faut
la tenir aussi; car je suis un pauvre
paysan, bien simple, et je pourrais bien
me fourvoyer si je laissais aller ma langue. Mais je te le conseille, ne te fie
à personne dans cette vallée, quand
même les gens chanteraient à tue-tête
les louanges des seigneurs et de l'autorité.

— Ecoute, voisin : c'est une pauvre
source que celle où il faut porter de
l'eau. Je ne me fie à personne que je ne
connaisse, et je sais qu'il y en a beaucoup qui vantent l'ancien temps et qui
font tout ce qui plaît au nouveau. Je
connais les paysans de ton canton, au
dehors et au dedans, un peu mieux que
tu ne penses. Dans peu de jours on leur

apprendra à siffler sur une autre marche.

—Que le ciel le veuille, et plutôt aujourd'hui que demain ! Je vois maintenant que tu es loyal. Ces seigneurs d'Aarau, je les ai toujours aimés. Si je puis te servir ainsi que le chevalier Mey.... mais tu ne me trahiras pas ?

— Si je savais jamais devenir un traître, j'aimerais mieux qu'on me pendît avant qu'après. Tes offres te font honneur, mon ami, et ne sont pas de refus. Vois-tu, quand on a pris une chèvre il faut prendre garde à ses cornes.

Et c'est là ma situation. Tu me rendras un grand service, et tu n'auras pas à te plaindre de son peu de générosité.

— Je ne demande rien, et j'agis seulement comme le doit un fidèle sujet, en portant obéissance aux autorités. Dieu m'en est témoin.

— Non, non. Un service en vaut un
autre. Mais dis-moi une chose avant
tout : tu connais sans doute ici le riche
Addrich?

—Ne parle pas si haut !

—Pourquoi?

—On dit qu'il est partout.

—Vraiment, c'est donc comme le
Juif-Errant. On dit qu'il se nourrit d'autre chose que de pain. Crois-tu aussi que
le diable le tienne dans ses griffes?

—Je crois plutôt que c'est lui qui
tient le diable dans les siennes.

— C'est encore pis. Que penserais-tu,
mon ami, si je te disais que je veux me
rendre auprès de lui, moi ! Il a, dit-on,

chez lui, quelques belles filles, et j'ai affaire à l'une d'elles. Au fond ce n'est pas pour moi, entends-tu bien; car je ne la connais pas. Mais il semble qu'il n'est pas très-facile d'arriver jusqu'à elle. Cet Addrich la garde comme le dragon son trésor.

—Pas autant que tu le penses : le vieux n'est presque jamais au logis. Ces jeunes filles font ce qu'elles veulent, et le conduisent par le nez.

—Ah, ah! Il est donc vrai le proverbe : On tire plus de choses avec un cheveu de femme qu'avec six chevaux bien vigoureux. Mais comment s'introduire dans la maison ?

—Par la porte, sans doute! Mais à laquelle des jeunes filles en veux-tu?

—Elle se nomme.... Je la reconnaî-

trais bien si je la voyais ; le chevalier me
l'a si bien dépeinte. Elle se nomme....
attends, c'est un nom comme celui d'un
des douze petits prophètes... Zéphanis,
je crois. Si nous avions une lanterne, je
te le dirais tout de suite. Le nom est
écrit très lisiblement sur la lettre que
j'ai là pour elle.

—S'il ne s'agit que de remettre une
lettre à une des jeunes filles, donne-la-
moi ; rien n'est plus facile.

—Non, mon ami ; il faut que je porte
moi-même le sac au moulin, si je veux
en tirer de la mouture Si tu consens à me
servir, tu obligeras le chevalier Mey. Je
n'ai pas peur, il est vrai ; mais je crains
un peu cet Addrich. N'importe, il faut
que la jeune fille soit en sûreté, avant
que les troupes étrangères qu'on a appe-
lées pénètrent dans le pays,

— Est-ce que les soldats sont déjà arrivés à Aarau?

— Ils y seront dans trois ou quatre jours, et alors on ne fera plus tant de cérémonie avec les rebelles; les potences sont déjà équarries, et je voudrais qu'Addrich y fût déjà pendu. Eh bien! veux-tu nous servir?

— Je jouerai bien volontiers un tour à cet Addrich. Si je pouvais sous quelque bon prétexte t'amener à lui comme si je t'avais trouvé égaré dans la montagne, le reste s'arrangerait de soi-même; mais tu me promets bien au moins de ne pas me trahir?

— N'aie pas de crainte à ce sujet, la neige deviendrait plutôt noire. Arrange bien ta leçon, je viendrai sur tes pas.

— Maintenant, silence! on pourrait

1. 5.

nous écouter. Tu vois ce feu là-bas sous
ces arbres ; c'est une forge ; j'ai quelque
chose à y remettre, nous allons nous y
rendre, et ensuite nous prendrons le
chemin des Mousses.

Maître Wirri se réjouissait de sa
bonne étoile qui lui avait fait trouver,
dans le même individu, un homme de
son parti, un guide et un compagnon
agréable. — Il est vrai, se disait-il tout
bas, que le drôle n'a pas mal l'air du diable ; mais il ne faut jamais juger un livre
sur sa couverture.

A une distance qu'il n'était pas facile
de déterminer, brillaient de temps en
temps, à travers les ténèbres, des éclairs
rougeâtres ; et une vive lumière qui se
laissait entrevoir entre les branches, in-
diquait l'antre de ces cyclopes. Le compagnon de Wirri abandonna tout-à-coup

le chemin battu et prit un petit sentier
qu'on avait frayé au milieu des broussailles. Le ménétrier le suivait le cœur
agité, à travers le bois, dont les branches qui fouettent à chaque pas son
visage, semblaient le prévenir de ne pas
s'avancer. Quelquefois la voix rauque
de son conducteur l'excitait à prendre
courage.

— Ici il s'agit de suivre le proverbe, dit
le maître chanteur : quand on a dit A,
il faut aussi dire B. Je te suis aveuglé-
ment ; mais j'espère que ton dessein n'a
pas été de me mener de l'étang dans la
nasse. L'autre route était magnifique
auprès de ce sentier que les chèvres ne
semblent pas avoir frayé pour qu'il serve
à des gens honnêtes.

Ils arrivèrent bientôt sur la pelouse
d'une charbonnerie qui était environnée

de bois de tous côtés. On entendait de
nombreux coups de marteaux retentir à
une petite distance, et l'on apercevait
la forge qui consistait en une hutte pittoresque, percée d'une multitude d'ou-
vertures et de crevasses à travers lesquelles brillait l'éclat du feu. Les aboiemens
de plusieurs dogues qu'on ne pouvait
apercevoir dans les ténèbres se firent
entendre et cessèrent tout-à-coup à la
voix d'une personne invisible, qui leur
semblait familière. Quelques hommes
noirs s'approchèrent en ce moment du
paysan qu'ils environnèrent en le ques-
tionnant à voix basse; puis ils se dirigè-
rent vers le maître chanteur, le condui-
sirent à la forge, et lui ordonnèrent de
s'asseoir sur un banc, devant la porte; ils
accompagnèrent cette invitation d'un
vigoureux coup de main qui mit maître
Wirri à la place qu'on lui assignait, d'une
façon qui lui sembla un peu brusque.

CHAPITRE VI.

LA FORGE.

Un de ces hommes si polis dit à Wirri :
Maître, nous savons que tu ne t'es pas
glissé par ici dans de bonnes intentions,
ainsi ne fais pas de façons, et tire-nous
les lettres du chevalier Mey de Rued

que tu portes sur toi. Si les seigneurs
veulent la guerre, ils l'auront, et solide. Allons, donne tes lettres.

— Quelles lettres? demanda maître
Wirri stupéfait. Qui de vous a deviné
que j'avais des lettres? Je vois bien que
tu es un sphinx, mais pas un lynx.

— Je sais quelle espèce de compagnon tu es, et quel est ton négoce;
mon petit doigt me l'a dit.

— Eh bien! qu'il te dise aussi à qui
j'ai des lettres à donner.

— A la jeune Fani.

— En vérité? Alors la lettre lui sera
donnée, et non pas à toi. Ainsi, va-t-en
au diable avec ta curiosité, et laisse en
repos un honnête homme.

—Ce n'est pas ainsi que vont maintenant les choses, maître. Le temps est
passé où les gens des villes pouvaient
seuls ouvrir la bouche. Donne tes lettres
de bonne volonté, ou je te les arrache-
rai du ventre avec ton pourpoint, et
tes oreilles par-dessus le marché.

Cette menace parut devoir être mise
sur-le-champ à exécution. Deux grands
drôles s'emparèrent du ménétrier, l'enlevèrent sur leurs bras, et deux autres
se mirent en devoir de le fouiller, en
lui annonçant qu'au premier cri qu'il
laisserait échapper, ils lui couperaient
la gorge.

—Arrêtez! s'écria Wirri en cherchant
à se débarrasser de leurs mains; la force
l'emporte sur le droit, je le sais. Mais
qu'est dont devenu le brave homme qui
m'a conduit ici? il ne souffrira pas qu'on

me traite de la sorte, et il me rendra
bon témoignage. Se mettre trois ou
quatre contre un seul, ce n'est pas agir
chrétiennement. Beaucoup de chiens
causent la mort d'un lièvre, et le plus
fort est toujours le plus vaillant. Mais
je croyais avoir affaire à d'honnêtes créatures chrétiennes, et non pas des bri-
gands.

— Silence, vieux pêcheur, répondit
un de ceux qui l'environnaient. Nous
agissons plus chrétiennement que toi et
tes semblables. Comme espion et porteur de messages, tu mériterais de gi-
gotter aux branches de l'arbre le plus
proche, ainsi que le veulent les lois de
la guerre. Nous t'accordons la vie par
pure commisération; mais tu resteras
prisonnier, tu obéiras à tous les ordres qui te seront notifiés; tu nous li-
vreras, sans plus de façon, les dépêches

qui sont en ton pouvoir, et tu n'attendras pas que nous en venions à de fâcheuses extrémités.

— Écoute, mon bon ami, dit le ménétrier, je ne donnerais pas un coucou de tout ce protocole si je n'y voyais une douzaine de poings fermés, suspendus en guise de sceau. Laissez-moi donc une main libre, afin que je cherche cette lettre. Mais n'oubliez pas que l'année a cinquante-deux semaines, et qu'il arrive souvent des jours auxquels le plus fin n'a pas songé.

— Bien dit! répondit un autre. C'est ce que tu apprends aujourd'hui; et les villes l'apprendront bientôt aussi. Vos grandes hanses se sont crues jusqu'à ce jour en possession de dompter la prudence humaine, et elles ont imaginé qu'elles maintiendraient leurs injustes priviléges en dépit de tous les mécon-

tentemens du peuple. Mais voilà tout-à-
coup que la glace est rompue, et la
brèche ne sera pas facile à réparer.
Allons, donne-nous ces dépêches.

Wirri chercha la lettre, tout en mur-
murant quelques phrases inintelligi-
bles. On pourrait s'étonner, vu sa poltronnerie naturelle, qu'il montrât tant
de résolution dans cette circonstance.
Mais il appartenait à cette nombreuse
classe d'hommes qui éprouvent une
crainte excessive du danger qu'ils ne
sauraient voir, et qui se rassurent en
le trouvant moins grand qu'ils ne se
l'étaient figuré. Dès que Wirri eut livré
les papiers qu'on lui demandait, tous
les forgerons s'éloignèrent, à l'excep-
tion d'un seul homme, laissé sans doute
en sentinelle, et qui se mit à se promener de long en large sur la petite esplanade que l'on voyait devant la forge.

Quant à maître Wirri, il s'était remis sur le banc et murmurait aigre-
ment, pour donner cours, sans doute,
à son humeur, quelques jurons qui lui
étaient peu habituels. Il eût voulu de
toute son âme se voir loin de cette mau-
dite hutte auprès de laquelle il se
trouvait encore ; mais il croyait devoir
attendre son gigantesque compagnon
de route, soit dans l'espoir de se faire
rendre par son aide les lettres du chevalier Mey, soit pour ne pas traverser
seul, par une nuit si sombre, le val et
la forêt. Il suivit long-temps des yeux,
par désœuvrement, les pas du gardien
qui revenait sans cesse et dont la marche se perdait dans l'ombre dès qu'il
commençait à s'éloigner ; ses regards se
portaient aussi de temps en temps sur
les deux dogues qui étaient couchés non
loin de lui, et aussi parfois sur les étoi-
les qui brillaient et disparaissaient tour à

tour au milieu des nuages que chassait un rapide vent d'ouest. Un silence profond régnait autour de lui ; les coups de marteau avaient même cessé, et l'on entendait distinctement les voix de plusieurs personnes qui s'entretenaient dans le bâtiment.

Maître Wirri crut distinguer parmi ces voix celle de son guide, reconnaissable à son accent prononcé, et il se retourna pour tâcher de l'apercevoir lui-même. Immédiatement derrière lui, une lumière rougeâtre s'échappait entre le mur et la charpente, par une fente assez large pour lui permettre de voir tout ce qui se passait dans la forge. Dans la partie sombre de la salle gémissait l'énorme soufflet qui ranimait par temps égaux la flamme du fourneau. Un grand nombre de barres de fer étaient à demi ensevelies sous les charbons ardens.

Quelques parties du noir foyer, enduites de suie, telles que les chevrons, les crémaillères, les chaînes, les pinces, et d'autres ustensiles qui étaient suspendus à la muraille, semblaient tantôt avancer et tantôt reculer, selon que l'action de la lumière les plaçait dans la clarté ou dans l'obscurité. Le colossal compagon de Wirri étendait avec complaisance ses jambes vigoureuses de chaque côté de l'enclume sur laquelle il siégeait, semblable au démon des ténèbres. Comme son dos était tourné vers le feu, son corps paraissait une ombre immense sur ce fond lumineux, et ses cheveux crépus, éclaircis par le reflet de la flamme, semblaient surmonter sa tête d'une couronne ardente. Au lieu de sceptre, il tenait dans sa main droite un de ces fers aigus dont on avait coutume de garnir les piques et les lances.

A cet aspect, une terreur super-

stitieuse s'empara de maître Wirri;
mais il sentit redoubler son effroi en
reconnaissant, dans l'un des trois paysans qui se tenaient debout devant
l'enclume, le Suédois qui lui avait ap-
paru, ainsi qu'au chevalier Mey, dans
le bois de la montagne : c'était bien ses
traits réguliers, son regard hardi, ses
yeux pétillans, et ses moustaches d'un
noir d'ébène; mais il avait remplacé
son élégant costume militaire par une
jaque et des chausses de grossier coutil, telles qu'en portaient les plus pauvres paysans.

— D'où vient ce retard ? dit la voix
rauque avec une expression chagrine;
vous devriez déjà, au lieu de trois cents
paires, en avoir confectionné trois mille.
Savez-vous que ceux de Bâle, de Mul-
house, de Berne et de Zurich seront
dans peu de jours sur nos talons ?

Un des assistans répondit : — On en a
déjà achevé et distribué cinq cents paires, comme tu sais. En vérité, nous ne
pouvons pas cuire des piques au four
comme le pâtissier y cuit des gaufres ;
le fer veut être forgé.

— C'est assez : jouez des bras plutôt, s'écria l'homme qui était assis sur
l'enclume ; travaillez jour et nuit, le
temps presse ; autrement tout ira au
diable ! Qu'en penses-tu, Gédéon ? Ces
piques me semblent diablement courtes :
elles devraient avoir un demi-pied de
plus, ce ne sont que des cure-dents.

Celui qui avait parlé auparavant répondit encore : — Elles ont juste la
mesure que le capitaine Gédéon est
venu nous commander de leur donner
il y a trois semaines. Si ce n'est pas la
bonne, il n'y a pas de notre faute ; cela

ne m'inquiète guère : mais songe qu'un
demi-pied de plus eût alongé le travail
de moitié, et que ton argent à toi, à
toi qui paies, en eût diminué d'autant dans ton sac. — Qu'est-ce que cela
me fait, à moi ? je fais ce qu'on me
demande.

Le Suédois prit le morceau de fer des
mains du plaignant, examina le travail
avec attention et dit : — Non, la chose
peut rester comme elle est : ce qui manque en étendue en fer sera remplacé par
la longueur du manche, et celui qui
aura ce petit cure-dent dans le ventre
n'aura plus à craindre les indigestions.
Nous n'avons pas besoin de hallebardes
pour les revues, cela n'est bon que pour
des soldats de parade, et non pour des
troupes légères comme nous en ferons
avec la jeunesse que j'ai enrôlée, et
qui n'a pas des arquebuses, des mousquets ou des arbalètes au logis. Il n'est

pas bon que la pique pèse trop du haut,
comme je l'ai observé lors de la fameuse
armada impériale; cela rend le coup
moins sûr; d'ailleurs je doute que nous
manquions de munitions, puisque presque chaque maison est pourvue d'armes à feu et de tout l'attirail nécessaire, ou tout au moins de morgenstens
avec lesquels on peut se présenter dé-
cemment dans une mêlée.

Le vieillard qui était sur l'enclume
réprit : — Gédéon, ne traite pas cette
affaire par-dessus l'épaule : le conseil
de Berne a appelé des Italiens à son
aide, et ils sont connus pour des gens
dévoués, braves et bien armés.

— Cela peut-être, répondit le capitaine à la veste de coutil : quand le vin
est bon, on n'a pas besoin de fromage.
Après tout, ces Italiens ne sont qu'une

soldatesca de nouvelle fournée, ras-
semblée à la hâte, et nous pouvons
faire front devant eux sans avoir rien à
craindre. Je te donne ma parole qu'a-
vant quinze jours j'aurai fait de nos
gens des soldats qui entendront leur
métier de manière à envoyer tous ces
lièvres italiens de l'autre côté des montagnes.

—Celui qui méprise l'ennemi a déjà
perdu la partie, dit le vieillard.

— Comme aussi celui qui le craint!
s'écria Gédéon. Nos gens se mettent en
campagne pour la liberté et les droits
du peuple, et ils se battront comme
des désespérés, car ils ont reconnu à la
longue qu'il n'y avait plus moyen de
marcher sur leurs vieilles semelles; et
ils n'auront plus le choix qu'entre une
glorieuse victoire et l'échafaud. Fai-

sons seulement que nos affaires ne trans-
pirent pas trop tôt, et qu'en même temps
nous ne soyons pas prévenus par l'ennemi que nous voulons surprendre.

— Rien n'est plus juste, dit le vieux.
Jusqu'à présent le secret est en bonnes
mains, et peu répandu.

. — C'est pourquoi il faut tenir à toute
l'exactitude des ordonnances militaires, reprit le capitaine. Le premier que
l'on surprenda en intelligence avec
l'ennemi, sans pardon, la tête à bas!
Ceux qui porteront des dépêches, qui
feront l'espionnage : point de grâce, la
tête à bas !

A ces mots : la tête à bas! que le capitaine répéta à plusieurs reprises en
les accompagnant d'un geste horizon-
tal de la main, comme s'il était tout
disposé à remplir lui-même l'office de

bourreau, le ménétrier sentit ses forces
l'abandonner, et une sueur froide inon-
der son visage. Il ne pouvait s'empêcher de songer à la lettre qu'on venait
de lui enlever, et il se voyait abandonné sans défense à la fureur des rebelles. Il se retira en toute hâte de l'ouverture de la muraille sur laquelle il
avait encore ses yeux fixés, et chercha
à se dérober par la fuite au sort qui
l'attendait. La sentinelle se promenait
de long en large, et l'obscurité la
plus profonde régnait toujours autour
de Wirri. En ce moment le forgeron
de garde se trouvait justement à l'extrémité de l'espace du terrain qu'il par-
courait, et le bois qui entourait de
toutes parts l'esplanade offrait un refuge
assuré au milieu des ténèbres. Le ménétrier pouvait espérer de gagner sans
peine la vallée, rien qu'en s'abandon-
nant à la pente de la montagne. Toutes

ces réflexions se firent en lui avec la rapidité de l'éclair, et avec plus de pré-
sence d'esprit qu'on n'aurait pu l'attendre d'un homme à qui les discours du
capitaine avaient inspiré tant de terreur.

Il se leva promptement, et prit sa
course vers le bois. Mais il n'avait pas
encore fait trois pas qu'il se sentit re-
tenu par derrière, et un animal velu
qui s'était élancé contre sa poitrine, en
poussant de sourds grognemens, le
renversa sur la terre. Il poussa un grand
cri. C'étaient les deux chiens bien dres-
sés qui s'étaient emparés de lui, et que
dans sa précipitation il avait entièrement oubliés. Le plus grand de ces animaux avait jeté ses deux pattes anté-
rieures sur les épaules du ménétrier,
comme pour l'embrasser, et de sa
gueule il serrait avec force le cou de
l'infortuné Wirri, qui heureusement

se trouva préservé par le collet de son manteau et le rebord de son large feutre. Le gardien accourut rapidement, et cria d'une voix forte à ses chiens : — A bas, Wolff! à bas, Tabor, à bas!

Le ménétrier se secoua de toutes ses forces, comme pour se convaincre qu'il était réellement délivré de ces animaux féroces, ou s'assurer de l'intégrité de ses membres, et s'écria : — Si maudire n'était pas un péché contre le saint Évangile, je souhaiterais volontiers voir ce coupe-gorge et tous ceux qui l'habitent, hommes et bêtes, au fond des enfers; ma foi, ils seraient tous là plus à leur place que sur le territoire de mon grand seigneur et maître !

— Fou que tu es, dit en riant le paysan, qui le retint en même temps par le bras pour le ramener, pourquoi ne demeurais-tu pas tranquille sur ton banc? Qui t'a dit de te mettre à courir de la sorte? Tu peux te vanter d'avoir eu du bonheur, puisque mes chiens ne t'ont pas déchiré à belles dents.

— Ne puis-je aller où il me plaît? répondit maître Wirri. Suis-je votre prisonnier? Qui a droit de retenir un homme honnête? Va-t'en trouver le bourreau qui t'attend, coquin! Je n'ai rien à démêler avec toi, et je suis aussi peu à ma place dans ce nid qu'une tourterelle au milieu des vautours.

— Tiens-toi tranquille, répliqua le paysan, et il ne t'arrivera aucun mal. Nous ne sommes pas des égorgeurs, mais d'honnêtes gens comme toi. Tu as ma parole, je la tiendrai.

— Oui, oui, dit Wirri, les gens

comme toi tiennent leur parole comme
le lierre tiendrait la sienne s'il avait pro-
mis de rester sur un tambour.

Pendant ce colloque, un troisième
individu était venu se placer entre
Wirri et le paysan, et le ménétrier n'eut
pas de peine à reconnaître les formes
athlétiques de son guide, qui se des-
sinaient dans l'ombre. Bien que, depuis
ce qu'il avait entendu dans la forge, il
ne crût pas devoir se fier à cet homme,
il fut assez politique pour lui parler
avec cordialité. Il lui raconta ce qui
s'était passé devant la maison depuis
qu'ils avaient été séparés, et lui demanda son assistance contre les hommes
et les chiens auprès desquels il l'avait
conduit.

— Pourquoi tourmentes-tu ce brave
homme ? Je l'ai rencontré sur la route,
et il m'a accompagné jusqu'ici par com-

plaisance! dit le vieillard d'un ton colère au paysan. Je t'en avertis, Jockli, le plaisir que tu prends à tourmenter les étrangers te vaudra quelque jour quelques bonnes meurtrissures, ainsi qu'à tes dogues enragés. Viens, maître, nous nous en irons ensemble, ajouta-t-il d'un ton plus doux en se tournant vers le ménétrier et en lui prenant le bras. Les montagnes sont habitées par un peuple sauvage qui n'a pas la moindre idée de la civilité. Viens. Bonne nuit, Jockli!

Le ménétrier, tout joyeux qu'il était de s'éloigner de ce lieu, s'arrêta après les dix premiers pas, en disant : Je sais bien que les enfans de la forge sont accoutumés à frapper fort, et je ne leur en veux point; mais ceux-ci sont des coquins fieffés. Dès que tu te fus éloigné, ils m'enlevèrent de force la lettre de monseigneur. Il faut qu'ils me la rendent, ou je porterai plainte au bailli de Lenzbourg, et alors ils verront à qui ils ont affaire.

—Silence! lui dit son guide à l'oreille en l'entraînant dans les taillis. Tâche qu'on ne t'entende pas! Tu ne sais donc pas quels sont ces gens? Veux-tu te perdre sans ressource? Ce sont de ameuteurs, des révoltés, des rebelles! S'ils se doutaient de tes intentions, ils nous fracasseraient le crâne sur leur enclume, et le coq n'en chanterait pas demain plus haut.

—Vraiment, tu ne m'apprends rien de neuf, répondit Wirri à qui les craintes de son guide rendaient toutes ses anxiétés, et qui se serra avec frayeur contre lui : j'ai reconnu la corneille à son chant. Mais pourquoi vas-tu donc avec eux? pourquoi m'as-tu entraîné jusqu'ici, et mis dans la nécessité de reparaître devant le chevalier Mey sans avoir accompli ma mission ; comment oserai-je le regarder !

—J'en suis fâché, maître ; mais demain je te donnerai les moyens de regagner les bonnes grâces de ton seigneur.

— As-tu réellement dessein de venir demain au château avec moi ? demanda Wirri d'un ton incertain qui semblait trahir les doutes qu'il éprouvait un sujet de son guide.

— As-tu donc oublié ce que je t'ai dit lorsque nous sommes venus ici, maître ? ne fallait-il pas que je visse par moi-même, pour rapporter des nouvelles sûres au chevalier? Ce n'est pas avec des conjectures qu'on peut servir un semblable maître.

—Mais si j'en crois mes oreilles, il me semble que tu entrais un peu dans les idées de ces maudits rebelles ? Je ne veux pas prétendre absolument que je te regarde comme une des branches de ce flambeau d'enfer; mais quand on fréquente les loups on s'expose à faire croire qu'on mange les moutons.

— Fallait-il donc que je bêlasse comme un mouton quand je me trouvais avec les loups? Qu'aurais-tu donc fait toi-même à ma place? leur aurais-tu dit la vérité et tenu un sermon ? Mais toi, je ne crois pas que tu sois d'Aarau comme tu le dis, car les bourgeois y sont plus rusés que cela.

— J'en suis sans doute, mon ami; mais qu'un ménétrier chante la vérité, on lui cassera son archet sur la tête. Tu as agi fort sagement; c'est au jeu que l'on connaît les gens. Maintenant je connais ton honnête seigneur Gédéon ! il n'y a pas de derrière sans devant, et point de mal sans bien. Monseigneur le chevalier sera bien surpris quand je lui conterai ce que j'ai vu : mais cependant je dois convenir que cela me tourmente un peu, et je n'aurais jamais cru que l'intendant eût le nez aussi fin.

—Ainsi tu connaissais déjà auparavant ce fieffé coquin de Gédéon ?

—Je le rencontrai hier en me promenant devant le château avec le chevalier, et il nous laissa voir tout de suite ses griffes. Nous eûmes ensemble une rude querelle; mais patience : les actions sont des leçons, comme on dit, et je trouverai bien moyen de lui jeter un jour quelque pierre dans son jardin.

—Ah ! je ne m'étonne pas que ces

gens aient su tout de suite que tu venais pour les affaires du chevalier Mey, et que tu étais porteur de lettres. Ce Gédéon avait déjà mis ses semelles derrière les tiennes, maître, car il en savait dix fois plus que moi sur ton compte ; tu ne devrais pas dire ainsi tes secrets au premier venu.

— Ai-je jamais dit mes secrets à personne ? Si ce gibier de potence n'est pas venu écouter aux portes dans l'auberge de Kulm, il faut qu'il ait fait un pacte avec le diable. Personne ne se garde plus que moi de lâcher un mot mal à propos ; avant que de parler je regarde bien mon homme au visage ; car il vaut mille fois mieux glisser avec son pied qu'avec sa langue, mais pour ce Gédéon, le diable lui a prêté son oreille. A Kulm, je ne me suis informé que des jolies filles qui sont chez Addrich.

—Je vois bien, maître, que nous pensons de même, et que nous sommes également dévoués aux autorités. Je suis un bon homme, tout simple, et, en vérité, moi-même j'en ai déjà trop dit; mais je pense que tu ne me trahiras pas.

—A quoi penses-tu, mon bon ami? ne crains rien : Il faut que le vent soit bien froid pour qu'un loup mange l'autre.

Tout en conversant de la sorte, les deux voyageurs étaient parvenus heureusement à l'extrémité de la forêt, et venaient d'entrer dans la plaine. Le vent soufflait avec plus de violence et chassait dans le vallon la neige des montagnes; Wirri ne laissait pas, en s'entretenant avec son compagnon, que de jeter avec précaution des regards autour de lui pour reconnaître le lieu où il se trou-

vait; mais l'obscurité l'empêchait de rien
distinguer que les hautes montagnes qui
s'élevaient d'un côté de l'horizon comme
des nuages sombres. Aucune lumière
n'annonçait au loin une habitation ; cependant le vieillard ne semblait nullement en peine de retrouver sa route ; il
continuait à marcher d'un pas alerte, tantôt sur des lits de rochers, tantôt dans des
plaines, dans un ravin, ou à travers un
bouquet de bois, et la conversation ne
souffrait nullement de la rapidité de sa
marche.

Lorsque après un certain temps, le ménétrier sentit la fatigue l'accabler, et qu'il
s'aperçut que les montagnes qui s'é-
levaient de chaque côté de la vallée
semblaient se rétrécir, il s'arrêta tout-à-
coup et dit à son compagnon :

—Mon bon ami, si tu n'as pas de mauvaises intentions, il faut que tu te sois

égaré, car il me semble que de toute la
nuit nous ne serons pas hors de ce pays
sauvage? on n'entend ni clochettes de
vaches ni chiens, mais rien que le vent
quand il souffle dans les arbres. Je pense
que nous ferions bien de retourner sur
nos pas, et de nous reposer dans la première maison qui s'offrira à nous, car le
froid me gagne, et la nuit n'est pas trop
avenante.

—N'as-tu pas le dessein de te rendre
chez Addrich des Mousses? dit le vieillard.

—Que le seigneur Dieu m'en préserve!
s'écria le maître-chanteur. A quoi
penses-tu donc? Tu sais que ma lettre
m'a été enlevée; j'imaginais que tu aurais bien vu de toi-même que je ne pouvais ni ne voulais pas me rendre où je
n'avais plus rien à faire. Pourquoi ne

me conduis-tu pas au village ou dans ta maison ?

— Maître, c'est ta faute et non pas la mienne : pourquoi ne m'as-tu pas parlé de ta répugnance à aller chez Addrich.

— Mais cette lettre qui est restée dans les pattes noires des forgerons ?

— Eh bien ! qu'importe ? Ils t'ont laissé ta langue ; et qui sait d'ailleurs si Fannely sait lire ? Rends-lui ton message de bouche. Peut-être aimera-t-elle mieux voir tes joues vermeilles qu'une feuille de blanc papier.

— Fais-moi le plaisir, mon cher ami, de retourner sur tes pas. Je n'appelle pas le diable dans ma maison, et j'irai encore moins me rendre sans nécessité dans la sienne.

— Si l'ennemi du genre humain te donnait un aussi bon gîte que tu en trouveras un chez Addrich, je te conseillerais de ne pas le bouder. Pour moi, je ne retournerai pas ce soir vers Rued; encore quelques pas dans ce taillis, et nous serons arrivés. J'ai froid et faim comme un chien sans maître, et il est l'heure de souper. Addrich est hospitalier, et chez moi tu trouveras à peine du petit-lait et du fromage de chèvre.

— Des cheveux courts sont bientôt brossés, répondit le ménétrier. Je me sens aussi une lassitude extraordinaire dans les jambes et une faim canine; je ne pourrais marcher un quart d'heure de plus; et rester sur la route dans les ténèbres d'Égypte, ce serait dix fois pire que d'aller au diable.

— Viens donc, maître. Addrich n'est pas aussi méchant qu'on le fait.

— Arrête, au nom du ciel! mon bon ami; quelqu'un marche dans l'ombre derrière nous; n'entends-tu rien? s'écria le ménétrier d'un ton d'effroi; et il sentit deux énormes animaux tourner autour de lui en le flairant.

—Ce sont les chiens d'Addrich.

— Les maudites bêtes n'aboient seulement pas : on dirait qu'elles me connaissent.

— Cela te montre que leur maître est hospitalier. Avançons. Retourner maintenant ce serait éveiller les soupçons.

Wirri le suivit lentement et d'un air craintif, car les chiens rôdaient sans relâche autour de lui, sans qu'il pût les voir. Après quelques momens de marche, ils aperçurent une lumière tremblottante entre les branches des pins ; et presqu'en même temps les fenêtres bien éclairées d'une grande maison de paysan s'offrirent aux deux voyageurs.

CHAPITRE VII.

—

LA MAISON DE MALÉDICTION.

Dès son entrée dans la maison, le vieillard eut plutôt l'air d'un ami bien connu que d'un hôte étranger. Deux valets qui causaient à voix basse auprès du feu de la cuisine, vinrent aussitôt au-devant de lui en le saluant. Il s'entretint

avec eux à voix basse, tandis que le ménétrier prenait leur place auprès du feu,
sur lequel se trouvait suspendue à une
crémaillère de fer une marmite d'où
s'échappait une vapeur qui ne lui sembla pas désagréable.

— Suis-moi, dit à Wirri un des valets qui s'approcha de lui en tenant une
lampe allumée. On aura soin de toi dans
cette maison. Addrich ne pourra pas te
parler aujourd'hui, sa fille est malade.

Wirri se retourna et vit qu'il était
seul dans la cuisine avec le valet. Tandis qu'il se réchauffait à la flamme pé-
tillante du foyer, il n'avait pas remarqué que son guide avait disparu avec
le second valet. Il se laissa donc conduire par quelques corridors étroits
à un petit réduit situé à l'extrémité de
la maison. Son conducteur ouvrit une

porte et l'introduisit dans une chambre peu spacieuse que remplissait presque totalement un énorme poêle construit dans la muraille, et un lit d'une hauteur si excessive qu'il touchait presqu'au plafond. Une vieille table de pin et quelques siéges du même bois complétaient cet ameublement.

Le valet d'Addrich posa la lampe sur la table, et dit en s'éloignant : On te portera à souper, et voici le lit qu'on te destine. Bonsoir.

Wirri, qui ne s'attendait pas à un si bon accueil dans cette maison qui lui avait semblé si redoutable, examina avec satisfaction cette petite chambre d'une propreté exquise. L'édifice n'était, il est vrai, comme tous ceux des autres paysans de son temps, qu'un assemblage de charpentes couvert de chaume; mais il avait été construit

avec un soin infini , et tout y annonçait
l'aisance et l'amour de l'ordre. Le ménétrier examina surtout avec complaisance le lit haut comme une tour , dont
les draps étaient d'une fraîcheur parfaite, bien qu'ils fussent de toile grise
et d'une étoffe grossière. L'aspect de
quelques grosses barres de fer qui tra-
versaient extérieuremet la fenêtre et
l'ouverture placée au-dessus de la porte
déconcerta seulement un peu maître
Wirri, qui trouva cet ornement plus com-
patible avec une prison qu'avec la chambre d'une ferme aussi hospitalière.

Tandis qu'il se livrait à toutes ces réflexions, on apporta le souper qu'on lui
avait annoncé. Un valet, que suivait une
très jeune fille, apporta un plat d'habermus (1), des tranches de jambon,

(1) Sorte de bouillie faite avec de la farine.
(*Le Trad.*)

du pain blanc et tendre comme de la
laine d'agneau, du fromage de l'Emmenthal dont les pores étaient chargés
de brillantes gouttes de rosée, et du vin
dans une bouteille de verre noir. L'Hébé
campagnarde déploya avec une adresse
extrême une nappe cirée qu'elle étendit
de façon que la large raie rouge qui la
traversait occupât le milieu de la table,
et en un moment les mets y furent rangés dans le meilleur ordre. Elle se livra
à cette occupation sans prononcer une
seule parole, d'un air timide et les yeux
baissés, mais avec beaucoup de grâces
naturelles. Les mouvemens gracieux et
continuels de son corps, qui avaient
lieu même lorsque ses pieds demeu-
raient immobiles, ainsi que sa démarche vive et légère qui tenait un peu du
caractère de la danse, ne pouvaient passer inaperçus aux yeux du maître chanteur; mais l'habermus et les tranches

dorées du jambon n'attiraient pas moins ses regards, et la jeune servante s'échappa rapidement en lui souhaitant à voix basse un bon appétit, souhait fort superflu sans doute.

Ce fut seulement après les premiers momens d'une ardeur qui ne s'apaisa qu'à la vue des plats vides, que les pensées du ménétrier se reportèrent sur la jeune fille, dont les manières n'avaient rien de commun avec celles d'une paysanne : plus il se rappelait les contours de cette taille mobile et élancée, plus il lui paraissait démontré que cette jeune fille était l'infortunée filleule du doyen Rusperli, qu'il devait arracher des mains d'Addrich; et il se fit de justes reproches de n'avoir pas aussitôt tenté l'œuvre.

Au bout d'une heure la porte s'ouvrit de nouveau, et la jeune fille reparut

pour enlever la table; maître Wirri se
mit aussitôt en devoir de vaincre sa ti-
midité, et d'entamer une conversation
avec elle. Wirri crut remarquer qu'elle
était d'une jeunesse extrême et à peine
sortie de l'enfance. Son visage bruni
n'offrait pas une beauté parfaite; mais
la délicatesse et la mobilité de ses traits
lui donnaient beaucoup de charmes. Elle
portait ses cheveux noués autour de sa
tête; une étoffe grossière, décolorée
par le temps, composait son vêtement,
et une jupe de grosse toile, retenue par
des courroies qui se croisaient autour
de son cou, couvrait son jeune sein.

—Comment peux-tu te plaire ici? dit
le ménétrier. Pour moi, à ta place, il
y a long-temps que j'aurais passé les
montagnes. On est comme abandonné
de Dieu et des hommes dans cette
gorge déserte. Addrich donne-t-il de
bons gages au moins?

— Rien.

—Rien ? Cela est bon pour les yeux ;
mais l'estomac ne s'en contente guère.
Je ne comprends pas ce qui te retient
ici ?

— Je suis une pauvre orpheline. Addrich m'a recueillie par pitié : où pour-
rais-je aller ? Je servirais volontiers partout ailleurs, rien que pour gagner mon
pain.

— Mais où ? Hé bien, à la ville, par
exemple ; à Aarau où je demeure. Je
suis ménétrier et je gagne souvent de
bonnes sommes ; on me reçoit bien
dans toutes les bonnes maisons ; dans
les baptêmes, les anniversaires, les noces, on ne peut se passer d'une pièce
de vers de moi, et c'est à qui m'appor-
tera ses florins. Si j'avais une bonne
ménagère, elle serait comme une perle

enchâssée dans l'or. Tu sais , et j'en suis
la preuve, que la vie de garçon n'enri-
chit pas, quand il pleuvrait des écus
au logis. Si nous étions tous deux ensemble , par exemple , je ne laisserais
pas le souci me monter plus haut que
le talon ; et nous aurions de quoi four-
nir à deux et à trois si cela devenait
nécessaire.

— Tu parles si étrangement que je
ne te comprends pas , en vérité, dit
la jeune fille en le regardant avec curiosité et d'un air plein d'innocence.

— Je m'entends cependant à parler,
et les filles reconnaissent un amoureux,
comme les chiens un boiteux. Ainsi
parlons net. Si tu veux me suivre , je
t'emmène avec moi à Aarau. Si je voulais seulement passer la main par ma
fenêtre , il s'y pendrait , à chaque doigt,

une jeune fille qui voudrait devenir ma
femme ; mais, c'est pour toi que je suis
venu dans ce nid de hiboux. J'avais
même une lettre pour toi du chevalier
Mey de Rued ; mais ces coquins de rebelles qui s'assemblent à la forge me
l'ont enlevée par trahison. Nous de-
vrions nous sauver cette nuit même,
et gagner Liebegg...

— Laisse-moi donc en repos avec tes
bavardages, dit la jeune fille en sautil-
lant gaiement autour de la table. Est-
ce que le seigneur de Rued s'inquiète
de la pauvre Aenneli ?

— Aenneli ! murmura maître Wirri,
fort étonné ; voilà encore que je n'ai
pas frappé à la bonne porte. Vieux fou !
fais-toi couper les oreilles, si tu veux
passer pour un mulet.

— J'ai pensé que tu venais d'Aarau,

dès que je t'ai vu entrer dans la maison
avec Addrich. Les messieurs d'Aarau
aiment à rire.

— Moi avec Addrich ! s'écria maître
Wirri effrayé. Que dis-tu, Aenneli ? Ce
vieil homme qui vous regarde avec ses
yeux rouges, comme à travers un morceau de drap de Frise, c'est Addrich ?

La jeune fille se mit encore à sauter
et à rire. — Allons, dit-elle, voilà encore que tu plaisantes. Ne fais donc pas
comme si tu ne le connaissais pas. Oh!
tu ne m'attraperas pas, avec ta mine
sérieuse.

— Me voilà encore bien tombé ! Il
faut que tout ce qu'on évite vous arrive,
murmura le ménétrier. C'est mon jour
de guignon aujourd'hui! Le diable
m'a poussé dans la nasse, et me voilà
pris. Que Dieu sauve ma peau ! c'est

tout ce que je demande... Il passa la main sur son front d'un air soucieux, comme s'il cherchait à se rappeler quelque chose qui lui échappait; puis il se tourna vers la jeune fille : Ainsi, dit-il, c'était Addrich lui-même? Si j'avais pu le penser! mais il avait l'air d'un homme qui n'a jamais troublé l'eau, on eût dit que ses yeux ne savaient pas ce qui se passait à son dos. Mais dis-moi, ma bonne Aenneli, on vit du moins dans cette maison, avec la crainte de Dieu et dans la paix chrétienne, comme si les cigognes étaient toute l'année sur la barre du toit?

La jeune fille haussa les épaules, prit un air inquiet, et dit à voix basse : Sais-je donc ce qui se passe ici? On va, on vient, on s'en va encore, et pourquoi? Dieu le sait. Je suis depuis Noel dans la maison, et je n'y comprends encore rien. Il vient ici des gens que l'on ne voit pas s'en aller, et il en sort qu'on n'a pas vu entrer. Souvent le cœur me manque en songeant à ce qui se passe dans cette maison, car rien ne s'y fait comme autre part. On ne doit pas tout écouter, et encore moins tout dire. Ah! si je pouvais entrer au service de bons chrétiens! Pour les trouver, j'irais dix heures pieds nus sur la neige.

— Ne tiens-tu donc pas les gens de cette vallée pour de bons chrétiens, ma chère Aenneli? Réponds-moi sans détour. Si je reviens jamais à Aarau, je te trouverai une place dans la meilleure maison de la ville. Ainsi, tu penses qu'ils ne sont pas bons chrétiens?

—Hé! le sais-je! Je crois qu'Addrich n'a pas vu l'intérieur d'une église depuis qu'il a été baptisé. C'est tous les jours

quelque histoire nouvelle. S'il n'était
pas si riche, tout le monde lui ferme-
rait sa porte, et toute son audace ne fe-
rait pas sortir une souris du poêle.

— Sans doute; mais un marteau d'argent brise des portes de fer. Mais, dis-
moi, Aenneli, tous les habitans de cette
maison sont-ils de la même étoffe? N'y
a-t-il pas ici une jeune fille, nommée
Epiphania?

— Un ange de bonté! Mais... tout
n'est pas là non plus comme cela devrait être. Je l'ai vue cet été sur les prairies, danser avec les sorcières. Elle a
des relations avec les esprits et les dé-
mons; et quand elle parle des choses
que je ne comprends pas, cela me fait
dresser les cheveux sur la tête; car
elle parle comme un livre, et elle pourrait bien m'entraîner au mal.

— Que Dieu t'en préserve Aenneli!
Les filets du diable sont forts comme
les cables d'un vaisseau, et fins
comme le fil d'un fuseau. J'en ai assez
entendu pour ne songer qu'à me sauver bien vite.

— Mais, maître, si tu avais vu Lorely, la fille d'Addrich, qui est malade!
c'est cela qui t'aurait donné des fris-
sons! Elle ne peut pas vivre et elle ne
peut pas mourir : elle est étendue sur
son lit, pâle et fixe comme un mort,
et elle chante à voix basse les prophé-
ties et des chansons merveilleuses; ou
plutôt je crois que c'est le démon qui
chante par son gosier, comme un pauvre pécheur de la fenêtre de sa prison;
car elle ne sait pas elle-même un mot
de ce qu'elle a chanté.

Maitre Wirri secoua la tête involontairement en entendant ces rapports
extraordinaires.

— On devrait faire ici des croix sur
toutes les portes, dit-il; car un esprit
malin est dans cette maison. Éloigne-
toi dès que tu le pourras, Aenneli, et
secoue la poussière de tes pieds. Tu n'as
qu'à venir me demander à Aarau. Chaque enfant te montrera la demeure de
maître Wirri, sur le Ziegelrain. Tu ne
manqueras pas d'une bonne place, et
peut-être de quelque chose de mieux;
car tu es une créature douce et gentille comme il conviendrait qu'en
eût un honnête ménétrier.

Tandis que le maître chanteur parlait de la sorte, la fille avait enlevé
tout ce qui se trouvait sur la table, et
le tenait encore dans ses mains. Elle
sourit amicalement au ménétrier, et lui
dit : Que n'es-tu venu ici lorsque ma
mère est morte, et que j'étais aban-
donnée de tout le monde? Les paysans
du village sont pauvres, et cela leur

rend le cœur dur. Personne ne voulait me recevoir pour l'amour de Dieu; et il m'a fallu venir trouver Addrich, malgré tout ce qu'on en disait dans le village. J'entrai chez lui en pleurant, et à demi morte de frayeur. Il faut bien qu'une pauvre orpheline se conforme à son sort.

— Ne sois pas si triste, bonne Aenneli, dit Wirri en passant ses doigts sur la joue de la jeune fille, qui rougit extrêmement. — Pourquoi me regardes-tu d'un air si inquiet? mes intentions sont bonnes, et je suis à mon aise. Une petite fille qui a les yeux comme les tiens vaut mieux qu'une laide avec des écus. Nous nous entendrons bien ensemble, je te l'assure.

Elle se retira toute honteuse, en disant: Ah! tu es bien un de ces sires d'Aarau; ils se ressemblent tous! bonne nuit!

A ces mots elle s'éloigna en lui faisant encore un signe amical. Maître Wirri demeura immobile sur son siége, les yeux tournés vers la porte. Cette gentille créature, ses mouvemens gracieux, la vivacité de sa démarche, la gaieté enfantine répandue sur son visage, tout en elle le charmait, et il ne pouvait se dissimuler qu'Aenneli serait une femme accomplie pour un ménétrier tel que lui.

Il s'abandonna entièrement aux réflexions que lui suggérait cette idée, et qui se trahissait par quelques mots entrecoupés qu'il disait en se parlant à lui-même, à peu près de la sorte. — Sans doute, le mariage n'est pas toujours une bonne chose, on peut se tromper. — Mais cette Aenneli — J'aimerais mieux l'enlever que cette coureuse de sabbats avec son nom de prophète. — On dirait que le ciel lui-même arrange tout cela. — Et il ajoutait : — Sans doute, on ne peut vivre d'amour, et une femme peut emporter plus hors de la maison dans son tablier, qu'un homme ne peut y faire entrer avec une charrette. Mais cette Aenneli !

— Oui, la modestie et la simplicité sont la meilleure dot et le plus sûr douaire ; et commencer avec des sacs vides vaut mieux que finir avec des sacs vides. — Puis il se mit à réfléchir, et reprit : Prendre une jolie femme est facile ; mais la conserver ne l'est guère. Je sais bien ce qu'on dit : Les femmes ont des jupes longues et des idées courtes. — Ménage, tapage. Mais quand je pense à mes années, en vérité, il est temps. On dit bien que l'âge mûr est l'âge d'or, mais les fruits en sont un peu moisis.

CHAPITRE VIII.

INTERRUPTIONS.

Le bruit subit des gonds de la porte
tira maître Wirri de ses profondes méditations. Ce n'était pas la charmante figure d'Aénneli qui s'avançait par l'huis
entr'ouvert, mais une tête colossale dont

1. 8

les traits étaient pleins de rudesse, et qu'accompagnaient des sourcils touffus et une épaisse crinière; bref la tête d'Addrich. Sa bouche s'ouvrit et laissa entendre ces mots prononcés d'une voix sourde : Bonne nuit, maître Wirri ; demain nous causerons emsemble!

La tête d'Holopherne disparut ; la porte se ferma ; le cri du verrou se fit entendre, et un bruit plus continu annonça au maître chantèur qu'on fermait un cadenas attaché à une barre. Bientôt il entendit son hôte s'éloigner à grands pas le long du corridor.

L'effroi de Wirri était parvenu à son comble, et il n'eut pas la force de s'enquérir des causes qui nécessitaient son emprisonnement. Le claquement de la porte, le sifflement du verrou rouillé, le son criard de la serrure du cadenas,

mirent en vibration tous ses nefs, et
chassèrent les images d'hymen, si dou-
ces, bien que prématurées, qui l'occupaient encore. Il chercha tout en trem-
blant et en marchant à petit bruit, à
s'assurer de sa captivité, à laquelle il
refusait encore de croire, en dépit des
preuves qu'il avait déjà ; mais elle n'était
que trop réelle. Un profond soupir s'é-
chappa alors de sa poitrine, et il s'écria :
Faudra-t-il donc que je sois un de ceux
qu'on a vu entrer, mais qu'on ne verra
pas sortir ! Bonté du ciel, viens à mon
aide ! La fosse de Daniel serait encore
une honnête auberge auprès de cet in-
fernal coupe-gorge.

Il se jeta tout habillé sur son lit, en
proie à mille inquiétudes; et il chercha
à retrouver quelque calme, tantôt en
priant, tantôt en proférant mille malé-
dictions ; mais aucun de ces moyens ne

remplit le but qu'il s'était proposé en les tentant. Le calme lui revint toutefois après un certain espace de temps, quand les premiers momens d'effroi furent passés, et que le sang, arrêté subitement par la commotion que maître Wirri avait éprouvée, eut repris son cours naturel. Il crut alors du moins que sa vie ne courait aucun danger ; car, pensait-il, s'il avait importé à Addrich de se débarrasser de lui, il lui eût été loisible de le faire dans la forge ou dans le bois, et durant le voyage qu'ils venaient de terminer ensemble, où il lui eût suffi de placer son compagnon de route sur le bord d'un torrent ou d'un précipice que l'obscurité l'aurait empêché d'apercevoir. — Avec les mots, on ne craint pas les procès, ajouta Wirri, mais avec la langue on revient de loin ; et si c'est aujourd'hui mon tour, demain viendra le sien.

Telles étaient les réflexions de maître
Wirri : et tout en songeant ainsi, et en
remémorant toutes les circonstances de
son voyage, il découvrit bientôt les motifs probables qui faisaient retenir cette
nuit sa respectable personne sous les
grilles et les verrous. Il se ressouvint que
la ruse d'Addrich lui avait arraché l'aveu
qu'il portait des lettres du chevalier, et
qu'Addrich en connaissait ainsi le con-
tenu, particulièrement le projet formé
d'enlever Epiphania, et de la conduire
à Liebegg. Qu'y avait-il donc de plus
naturel que de déjouer ce projet en ren-
fermant étroitement le ravisseur ?—Demain il me renverra en se moquant de
moi, se dit Wirri, et il me donnera un
sac plein de sottises pour me distraire
en route. Eh bien ! des injures ne peuvent diminuer en rien mon mérite. Un
pied de nez de cette façon ne se cogne
pas contre les murs.

Il en était là de ses méditations lorsqu'un jet de clarté de sa lampe lui annonça qu'elle était près de s'éteindre ;
il accourut pour la ranimer, mais trop
tard ; dès qu'il eut touché du doigt la
mèche il se trouva dans une obscurité
complète. Ce petit évènement lui rendit
une partie de son effroi ; il regagna son
lit en tâtonnant, y grimpa avec peine,
vu la hauteur démesurée de l'édifice,
s'y étendit de tout son long et ferma ses
paupières : c'était sans contredit le meilleur moyen de ne pas apercevoir les
ténèbres.

La nuit était déjà fort avancée lorsque
maître Wirri tomba dans un demi-som-
meil qui n'était pas exempt d'agitation;
mais il fut bientôt réveillé en sursaut
par les aboiemens des chiens qu'il avait
déjà aperçus à son entrée dans la maison. Il dresssa l'oreille, le cœur agité

d'effroi. Tout rentra alors dans le silence, et il replaça sa tête fatiguée sur
son oreiller. Bientôt il entendit un bruit
singulier, comme des pas d'homme, et
si proche qu'il semblait qu'on marchât
dans sa chambre. Il se releva à demi,
appuyé sur son coude, et aux battemens
précipités qu'il sentait dans sa poitrine,
il lui semblait que son cœur allait s'en
échapper, mais ses cheveux se dressèrent sur sa tête en apercevant une figure sombre qui se montrait derrière la
grille de sa fenêtre. Plus il l'observait,
plus il apercevait distinctement la forme
d'un homme qui grimpait à la fenêtre.
Ses pieds se posèrent sur les barreaux,
il continua de monter, et bientôt Wirri
cessa de l'apercevoir.

Quelque terrible que fût ce moment
pour le malheureux ménétrier, il éprou-
va un grand soulagement en voyant

qu'on n'en voulait pas à sa personne.
— Si c'est, se disait-il, un voleur que
tentent les trésors d'Addrich, je suis par-
faitement en sûreté, grâce aux verrous
de la porte et aux barreaux de la fenêtre; si c'est un amant de la bonne Aenneli qui va au rendez-vous nocturne, il
n'a garde de songer à moi. Eh, eh!
j'irais volontiers à sa place. Ce jeune
sang sait donc déjà ce que vaut un bon
garçon par une nuit bien sombre? Qui
aurait jamais attendu cela de deux
grands yeux bleus si innocens? Allons,
allons, point de foire sans larron; point
de fille sans garçon.

Pendant ce court soliloque, les jambes reparurent sur les barreaux de la
grille. La figure se remontra, et des-
cendit. Un moment après, il se fit un
nouveau bruit, et une voix d'homme
s'écria : Arrête, misérable ! Maître Wirri

écoutait de toute la force de son attention. Il entendit distinctement le clique-
tis de plusieurs épées, et une voix qui
criait : Sus, Packan, sus ! — puis un silence de mort, et des murmures sourds
qui diminuèrent peu à peu. Ensuite,
tout rentra dans le calme.

Une sueur froide baignait le corps du
ménétrier. Les gens qui en étaient aux
mains ne pouvaient être des valets ou
des payans ; c'est ce que démontraient
leurs armes. Un meurtre venait de se
commettre dans la maison d'Addrich.
Cette idée chassa entièrement le sommeil des paupières de Wirri. La nuit lui
semblait se prolonger éternellement,
et il pensait que le soleil ne devait jamais reparaître sur l'horizon.

Un sentiment de bien-être indéfinis-
sable se répandit en lui lorsque la

pâle lumière de l'aurore pénétra enfin
à travers la fenêtre, et que tout revint à
la vie dans l'habitation. Ce ne fut qu'a-
près s'être bien assuré que le jour était
venu, qu'il se hasarda à fermer les yeux
et à chercher le sommeil qu'il lui aurait
été impossible de trouver dans cette
terrible nuit. Mais plusieurs voix ani-
mées ne tardèret pas à troubler son repos. Il s'élança, plein de curiosité, de
la cime de son lit vers la fenêtre. Le
gazon de la prairie était chargé des perles d'argent de la rosée; les pins noirâ-
tres se confondaient dans une teinte
fauve avec le bleu des montagnes. Sur
une petite pelouse, située entre le bois
et la maison, se trouvaient trois hommes
qui semblaient engagés dans un entre-
tien fort animé, et qui se parlaient cependant à demi-voix et d'un air mysté-
rieux. Un quatrième était occupé à passer et à repasser un balai, qu'il tenait à

là main, sur le gazon, qui était teint de sang. A travers les premiers arbres de la lisière du bois, on en apercevait un autre, armé d'une pelle, qui se hâtait de rejeter de la terre dans une fosse nouvellement creusée. Wirri songea aux évènemens de la nuit, et il s'expliqua facilement toute cette scène.

Bien que la campagne ne fût encore que faiblement éclairée, maître Wirri n'eut pas de peine à reconnaître, parmi les trois hommes qui s'entretenaient ensemble, la taille gigantesque d'Addrich. L'autre était le Suédois qu'on nommait le capitaine Gédéon, et qui était encore vêtu en paysan. Il portait sa main droite suspendue à une écharpe, ce qui n'échappa pas à la perspicacité de Wirri qui observait tout de sa fenêtre. Le troisième, qui était un homme trappu, vêtu d'un habit qui

ne différait pas non plus beaucoup de
celui des paysans, était plus difficile à
reconnaître, parcequeson largedosétait
tourné vers la maison. Ce fut sur lui que
s'exerça tout particulièrement l'esprit
de divination et la curiosité de maître
Wirri, car le fier Suédois et Addrich
lui-même paraissaient lui montrer beaucoup de déférence ; mais il ne put rien
déterminer à son sujet, ni de son large
chapeau de feutre d'où pendait une petite plume verte, ni de son long surtout
de laine grise sans manches, qui couvrait
un justaucorps et des chausses d'où
s'échappaient des bas rouges dont les
plis nombreux rendaient encore plus
remarquable les jambes grosses et courtes du personnage.

Ce ne fut que lorsque Addrich eut
fait signe à l'étranger de s'éloigner
avec lui, et que celui-ci se fut tourné

pour y répondre, que Wirri put distinguer son visage. Il pensa qu'il avait déjà
aperçu quelque part ces traits graves et
réguliers, et cette figure terminée par
une barbe en éventail et deux moustaches qui retombaient sur des lèvres
minces et pâles. Ces cheveux épais et
frisés qui couvraient une partie de son
front, cette large cravate blanche qui
tombait en rabat sur une poitrine ornée
de deux rangées de petits boutons d'argent, attachés avec symétrie à un pourpoint de couleur brune fermé du haut
jusques en bas, ne lui étaient pas non
plus inconnus. Mais quand l'étranger,
en s'en allant, sembla lancer comme par
hasard un regard étincelant vers la fenêtre, Wirri reconnut enfin le personnage, et recula d'un pas. Ce n'était rien
moins que le chef des révoltés de Lucerne, Christen Schybi d'Eschlismatt,
qu'il avait vu à Wollhausen.

— Maintenant je sais qui a sonné la cloche, murmura le ménétrier effrayé. Que Dieu prenne pitié de nous! partout où vient celui-là, il arrive quelque malheur. Ah! si le chevalier Mey de Rued pouvait se douter de tout ceci! Il y aurait à prendre ici du gibier pour régaler toute la confédération. Quant à moi, je ne veux pas mettre le doigt dans toute leur guerre, et je veux bien promettre de n'avoir rien vu, s'ils consentent seulement à me laisser sortir de leurs griffes.

Un quart d'heure après, le cadenas retentit, le verrou cria, la porte s'ouvrit, et Addrich entra dans la chambre. Il était suivi de deux paysans qui tenaient des pieux ferrés à la main.

— As-tu bien dormi, maître? demanda Addrich, et un sourire équivoque se montra sur son visage sévère,

comme un rayon du soleil couchant
à travers les sombres nuages d'un ciel
d'orage.

— Je n'oserais m'en vanter, Addrich,
répondit Wirri, car je te connais maintenant. Mais que t'ai-je donc fait pour
t'être ainsi joué de moi et m'avoir re-
tenu prisonnier cette nuit ?

— Fou que tu es, dit Addrich, on ne
t'a pas fait de mal. Ne te charge pas dé-
sormais des messages d'Urie, et ne
fourre pas tes doigts dans la bouillie des
autres. Je te laisserais bien aller, si ta
langue pouvait rester aux Mousses.

— Laisse-moi partir en paix, Addrich. Ma chemise même ignorera ce
qui s'est passé chez toi. L'expérience
rend sage. J'ai vu sur ta porte : Prends-
y garde ! et je saurai me taire.

— Quand tu te seras tu trois jours,

je te croirai le quatrième. Lève-toi maintenant, tu n'as pas loin à aller pour chercher ton déjeuner ; mes gens t'accompagneront.

— Ou ?

— Le long de la rivière ; jusqu'aux lacs du côté de Hochdorf, répondit Addrich en poussant le ménétrier hors de la chambre et le conduisant à travers plusieurs salles jusqu'à la porte de la maison. Dans l'Argovie, ajouta-t il, tu n'es pas en sûreté. Le premier qui te rencontrerait, te tuerait comme un Caïn. Tout le peuple est en révolte à Berne, et se répand comme un torrent qui déborde son lit, ou comme un feu qui prend à une forêt.

— Le feu et l'eau sont de bons serviteurs, mais de mauvais maîtres, dit

Wirri ; et il ajouta à voix basse : et les paysans aussi.

— Pars, lui dit sèchement Addrich. Que Dieu te garde ! Il fait bon marcher sur un sol couvert de rosée. Ne songe pas à t'enfuir, encore moins à crier ; car ce serait appeler deux lames de couteau dans tes côtes. Allons, en route, vous autres !

A ces mots, Addrich jeta le ménétrier hors de la maison ; les paysans s'emparèrent de maître Wirri à droite et à gauche, et le forcèrent à suivre la petite pelouse qui conduisait au pied de la montagne. Addrich les suivit des yeux jusqu'à ce que les voyageurs eussent disparu au détour de la montagne. Puis il rentra dans la maison, s'arrêta quelques momens, indécis, sur le seuil de bois, monta doucement, et ouvrit la porte d'une chambre.

1. 8*

CHAPITRE IX.

—

LES HÔTES.

Aenneli arriva avec une légèreté inexprimable au-devant de lui, le doigt sur ses lèvres:

— Doucement, doucement, ta fille

dort! lui dit-elle à l'oreille en s'élevant sur la pointe des pieds : Fania aussi dort depuis deux heures; elle a passé toute la nuit au lit de Lorely. En disant ces derniers mots, elle montrait une porte qui donnait dans la chambre.

Addrich fit un signe à la jeune fille, qui le comprit, et s'éloigna; puis il s'avança lentement vers le lit de son enfant malade. Pas un seul grain du sable répandu sur le parquet ne cria sous ses souliers. Il contempla la jeune fille en silence. Elle était étendue sur sa couche, les bras croisés sur le drap blanc du lit, comme si elle eût été dans un cercueil. Ses traits décolorés offraient encore l'image de la beauté. Une couple de mèches de cheveux, aplaties, et noires comme l'ébène, qui s'échappaient de dessous son bonnet de lin, et qui n'avaient pas été le moindre ornement de cette tête

virginale, ajoutaient encore à la triste
impression que causait sa vue. Elles des-
cendaient sur son front et le long de ses
joues mattes comme la cire, et faisaient
ressortir la pâleur de cette figure immobile qui semblait privée de vie. Son sein
était sans mouvement; aucune trace de
respiration ne se montrait sur ses lèvres
livides, et ses yeux profondément creu-
sés semblaient fermés pour toujours à la
lumière.

Addrich se tenait les mains jointes et
la tête baissée devant cet ange prêt à
quitter la terre. Puis il leva les yeux en
soupirant, les abaissa sur la jeune fille,
et dit d'une voix à peine intelligible: O
mon enfant, mon pauvre enfant! O mon
unique joie! ma vie! Pourquoi personne
ne peut-il te rendre à ton père que tuera
ta perte!

Son mal était si cuisant que sa poi-

trine se soulevait avec violence. Il tourna
son visage vers le ciel avec l'expression
d'un désespoir muet, et ses mains se ser-
rèrent convulsivement contre son cœur.
De grosses larmes tombaient une à une
de ses yeux, et un court gémissement
répété était tout le langage de sa douleur.
Lorsque la violence du mal se fut épuisée,
ses lèvres agitées semblèrent implorer
avec ardeur les bontés du Tout-Puissant.
La haute stature de ce vieillard, plein
de force et courbé avec humilité, donnait l'idée d'un chêne robuste frappé
par le tonnerre, dont le tronc brisé
s'incline au plus faible coup de vent.

De temps en temps il laissait échapper
quelques discours incohérens qui res-
semblaient aux paroles d'un insensé,
mais auxquels on reconnaissait l'enchaî-
nement de ses idées et la nature de ses
douleurs, comme on reconnaît une

chaîne de montagnes éloignées aux pics
isolés qui les dominent.

—O tendre proie de la mort! disait-il.
Fallait-il que ta mère te mît au jour
pour mourir sitôt! Pauvre et belle rose
des Alpes, qui se fane inconnue et sans
avoir été cueillie!... Pourquoi t'a-t-on
laissée fleurir?... Le ciel est bon; il est
juste, dit-on; je veux le croire. Mais ce
corps sans vie dit: Non... Pieux et
saint enfant! qu'as-tu fait pour être
brisée si jeune?... O crime de la nature!
détruire son chef-d'œuvre!... Ah! je te
suivrai... Nous ne nous quitterons pas!

Ici sa voix se perdit dans ses gémis-
semens, il s'agenouilla et demeura ab-
sorbé jusqu'à ce que les pleurs obtins-
sent enfin passage. Alors il se releva, re-
garda encore le ciel, et dit: Que sa
volonté se fasse. Il s'essuya les yeux,
posa une plume de cygne sur les lèvres

de la malade, et reconnut avec un dou-
loureux plaisir les traces de la vie dans
l'agitation du duvet. Alors il s'inclina
sur le lit, baisa doucement le drap sur
lequel reposait la main de sa fille, et
s'éloigna avec précaution.

— Ne quitte point Léonore avant que
Fania soit éveillée! dit-il à Aenneli qui
se présenta à lui sur l'escalier. Je me
rends auprès de mes hôtes, et je ne verrai
pas ma fille aujourd'hui. Tu lui porteras
mon bon jour.

À ces mots il se hâta de descendre,
et gagna à pas précipités, en traversant
deux salles vides, une grande chambre
située à l'extrémité de la maison. Il y
trouva les personnages que maître Wirri
avait aperçus le matin. Gédéon et Schyby
d'Eschlismatt étaient assis auprès d'un
vieillard encore vigoureux, à qui ses

cheveux blancs et sa longue barbe donnaient un aspect fort vénérable. Ils parlaient avec feu.

—Sur mon honneur! s'écriait Gédéon, vingt doublons ne me paieraient
pas mes services, si je pouvais savoir
quelles étaient ses intentions. Il maniait
supérieurement l'épée et m'obligea à me
tenir en défense à la première botte, tandis qu'il rompait à mesure, pour opérer
une retraite bien calculée dans le bois.

Christen Schyby secoua la tête d'un
air de doute, et dit : Je vous le dis encore, quoique la maison d'Addrich soit
bien éloignée, et que nos conférences
aient été tenues bien secrètes, nos seigneurs de Berne se doutent de quelque
chose. C'était un de leurs limiers. Si tu
avais pu lui ouvrir le gosier! Mais tu
ne l'as pas suivi à temps dans les rochers.

—Cela n'a pas duré le temps d'un pater noster, répondit Gédéon : dès que le chien d'Addrich aboya, j'étais hors de mon lit, sur mes jambes et dans mes chausses, ma bonne épée à la main. J'en suis fâché pour la pauvre bête : elle a été sacrifiée dans un moment, et le drôle qui m'était suspect disparut presque aussitôt dans le bois et dans le brouillard.

—Et tu ne courus pas après lui, Gédéon Renold? dit le vieillard aux cheveux blancs.

—Il faisait une obscurité de tous les diables, répondit Gédéon, et les figures d'hommes avaient l'air d'autant de fantômes. Je le suivis long-temps en me guidant sur le bruit que faisaient les branches qui s'opposaient à son passage; mais sans l'assistance des chiens, il m'était impossible de lui donner la chasse.

1.   9

—Laissons cela, mes bons voisins et amis, dit Addrich; nous avons aujourd'hui des choses plus importantes à finir, que de savoir qui a égratigné Gédéon et tué mon pauvre vieux Packan. Aujourd'hui ou demain les troupes des villes entreront dans l'Argovie, et il faut de la résolution, si vous ne voulez pas être pris et pendus après-demain. Ulli Schad, tu as vu de tes yeux l'armement des troupes de Bâle.

L'homme au cheveux blancs répondit : Le dirais-je s'il en était autrement? Je me rendais de Waldenbourg à Bâle. Avant hier, quatre cents hommes levés dans la ville, avec quelques compagnies prises dans les campagnes, ont passé les portes, pourvus de bonne ferraille. Le capitaine Loüis Krug et le capitaine Paul Bekel paradaient fièrement sur leur chevaux, en tête de la

troupe, avec des plumets d'une aune
sur leurs couvercles de fous, et si longs
qu'il leur a fallu, ma foi, se baisser pour
passer sous la porte Saint-Alban. En
avant marchaient cent hommes de Mulhausen, qui ne m'avaient pas l'air de
venir pour hacher nos herbes. On disait
aussi que cinq cents hommes de Zurich
allaient entrer sur le terroire de Berne.

—Il me semble, Gédéon, que Leuenberger nous plante là, dit alors Addrich au capitaine suédois ; ou bien lui
serait-il arrivé un malheur en chemin ?
Selon ton rapport, il aurait dû arriver
ici dans la nuit dernière.

Renold répondit : Leuenberger tien-
dra parole, bien qu'il ait pu être retardé
par d'importantes occupations. A toute
heure arrivaient chez lui les députa-
tions des communes, et les fonctionnai-

res des divers cantons; et il lui faillait
distribuer des instructions à droite et à
gauche. C'est chez lui comme au quartier du généralissime avant la bataille,
d'où l'on envoie des ordonnances sur
tous les points. En attendant, procé-
dons à la tenue de notre conseil privé ;
il ne s'opposera nullement à l'exécution
ultérieure de nos dispositions.

— Que le bourreau lui serre les pouces, s'écria Schyby. Je n'avais pas moins
à faire avec des gens de toute façon, et
cependant me voici. Lui, il nous laisse
à reverdir. Nous autres de l'Entlibuch
et ceux du territoire de Lucerne, nous
pouvions bien attendre en paix la fin de
tout notre tintamarre. Nous avons mis
nos moutons de l'autre côté du gué, et
nous n'avons pas peur que l'eau déborde ; car nous avons obtenu la réduction des droits de pâture; nous ne payons

dans tout le pays que dix schellings de
Lucerne pour le droit de tonnage, et
nous jouissons d'un tas de faveurs de ce
genre. D'ailleurs, nous n'avons pas un
kreutzer à donner pour les frais de la
ville; et, au besoin, nous pourrions être
satisfaits. Si d'autres veulent aller au diable, qu'ils y aillent; mais nous autres de
Lucerne, nous n'avons pas besoin de
leur servir de guides.

—J'espère que tu ne parles pas sé-
rieusement, dit Renold en l'interrom-
pant. Tu sauras, Schyby, que Niklaüs
Leuenberger est un confédéré aussi respectable qu'il s'en trouve *in Helvetiâ*. Il
est guidé dans toutes ses actions par la
justice, la foi et la courtoisie, comme
on dit à la cour de France; et ses manières sont aussi convenables qu'elles
doivent être. S'il n'avait pas fait prendre
le harnais en votre faveur à tout l'Ober-

land jusqu'aux montagnes de neige du pays Wallon, il n'est pas douteux que votre ruine eût été consommée *sine morâ*, et au lieu des mandemens des autorités catholiques qui vous accordent le pardon, le bourreau de Lucerne vous aurait déjà séparé la tête du tronc, ainsi qu'à d'autres patriotes...

— Ne t'emporte pas, capitaine Renold, tu te rendrais malade, répondit le chef de l'Entlibuch. Nos dix bailliages avaient déployé leurs bannières et juré l'alliance de Wollhausen sans rien savoir de Leuenberger et de ceux de Berne ; et ils auraient aussi fait sans eux la paix avec l'autorité. Au reste, ce Leuenberger me plaît fort à droite quand je suis à gauche, et il aura plus d'une occasion de nous montrer s'il s'entend à autre chose qu'à faire descendre la brouette du haut de la montagne.

Addrich voyant que Gédéon se frottait le front avec colère et qu'il s'apprêtait à répondre, interrompit l'orateur.— Vous tous autant que vous êtes, dit-il, vous êtes venus, si je ne me trompe, dans cette vallée déserte, non pas pour nous diviser, mais pour nous réunir contre les oppresseurs de ce pays malheureux. Au lieu de cela, voilà que vous commencez à vous prendre de paroles et à vous quereller sur des mots; c'est ce que j'appelle brider un cheval par la queue. Si vous n'êtes pas capables de tenter cette entreprise, si vous n'êtes pas disposés à marcher unis vers le but commun, remettez l'exécution de vos projets à un temps meilleur; car ce n'est pas, en vérité, ici un jeu à abattre des noix vertes, mais bien à faire tomber des têtes, parmi lesquelles seront les vôtres. Si le peuple des campagnes ne se lève dans tous les cantons, homme par homme, pour

s'opposer à la tyrannie des villes, tout
est perdu. C'est pour opérer ce soulève-
ment que vous êtes assemblés ici, afin
qu'il n'arrive pas comme il y a dix et
douze années. Dans ce temps-là, ceux de
l'Oberland et de l'Argovie se mirent aussi
à compter avec les Bernois; il y eut de
grosses paroles à Langnau, et elles
s'apaisèrent aussitôt, parceque ceux de
Lucerne et de Soleure restèrent chez eux,
et que les députés de Berne leur em-
miellèrent la bouche de belles pro-
messes. Ensuite, dans le territoire de
Zurich, ceux de Wodenschwyl et de
Knonau levèrent la tête; mais comme
personne ne les assista, il fallut bien se
résoudre à rentrer au logis, à voir sept
bons patriotes décapités et à payer aux
seigneurs de Zurich quatre tonnes d'or
pour faire passer la plaisanterie. Ce fut
la fin. Vous pouvez vous regarder à ce
miroir-là.

— Bien parlé! Addrich, dit Gédéon. Un coup bien frappé de partout à la fois, voilà le seul moyen de briser le joug et de désarmer les villes. Il faut les tenir en bride, et ne plus souffrir qu'elles nous mènent, car l'ours consentirait plutôt à jeter sa peau, que le patricien à renoncer à l'ambition et à la tyrannie. Mais, *ecce lupus in fabulâ*. Voici venir Leuenberger, accompagné des autres.

Addrich alla au-devant des nouveau-venus jusqu'au dehors de la maison, et les amena dans la salle. Ceux qui s'y trouvaient se levèrent de leurs siéges, offrirent la main aux étrangers, et examinèrent avec attention Leuenberger dont le nom était déjà fameux, et qui se mit aussitôt à s'entretenir avec Gédéon. Il y avait dans sa tournure et dans son regard quelque chose d'impérieux,

et dans ses traits une expression de gravité, d'énergie et de prudence qui ne
contribuait pas peu à lui donner l'in-
fluence qu'il exerçait sur ses concitoyens. Il paraissait âgé d'environ cinquante ans, et semblait attacher quelque prix aux avantages extérieurs. Il
portait des cheveux courts, et sa noire
moustache, taillée avec soin, surmon-
tait un petit bouquet de poil artiste-
ment ménagé sous sa lèvre inférieure.
Un col étroit et blanc comme la neige
était rabattu sur son pourpoint noir
d'une finesse remarquable, dont les ou-
vertures étaient ornées de satin et de
franges. Une ligne serrée de boutons en
filigrane d'argent ornait le devant de
son justaucorps.

— Dignes seigneurs et amis, dit Leuenberger, permettez que je vous présente
mes compagnons de route. C'est le sei-

gneur Adam de Zeltner, sous-bailli de
Buchsiten, un zélé et loyal confédéré
qui amène tout le canton de Soleure.
J'espère que vous ne lui refuserez pas
votre confiance.

Les assistans offrirent encore une fois
la main en signe de bienveillance au
sous-bailli, qui la reçut avec beaucoup
de cérémonie.

— Maintenant, continua Leuenberger, veuillez imiter mon exemple. Je
connais, il est vrai, le brave Schyby
d'Eschlismatt et mon compatriote Gédéon Renold : mais nommez-moi ce
digne Suisse que ses cheveux blancs dé-
signent comme notre doyen.

— C'est Ulli Schad de Waldenbourg,
dans le pays de Bâle, dit Gédéon, *vir
præclarus prudentiâ*, l'homme de ce
canton le plus rénommé par sa sagesse
et son expérience.

— Hé bien, dit Leuenberger en secouant la main du vieillard, père Ulli,
dites-nous un peu comment les choses
se passent chez vous. J'ai appris avec
douleur que le colonel Zœrnli de Bâle
était en marche contre Aarau, et qu'il
amenait beaucoup de monde avec lui.

— Cela peut être, répondit Ulli ;
mais soyez tranquille, seigneur Leuenberger, nos gens ne tueront pas un
passereau sur le territoire de Berne. Personne de nous ne veut combattre contre des concitoyens qui ont à souffrir
comme nous de la dureté des autorités.
Bratteln, Muttenz et d'autres lieux de
l'intendance de Munchenstein, tout
proche de la ville, sont pour les seigneurs ; mais les autres bailliages sont
déterminés à tourner contre les villes,
et à leur faire voir qui est le maître. Le
bourguemestre Rodolphe Wettstein et

le bailli Jacob Hummel se sont rendus à Liestall le jour de mon départ pour arranger les affaires; mais il leur a fallu partir comme ils étaient venus.

— Voilà ce que j'appelle des nouvelles d'or, dit Leuenberger. Je voudrais, Addrich, que tu pusses m'en donner de semblables de l'Argovie; car de tous les côtés l'ennemi est en marche.

— N'aie pas de souci, Claude, lui répondit Addrich; la Landsturm sera mise sur pied dans tout le comté, et de l'autre côté de l'Aare, dans les bailliages de Biberstein et de Schenkenberg. Tout est encore tranquille par là comme au sermon, il est vrai; mais les armes sont aiguisées. Le premier coup de tambour mettra toute l'Argovie en mouvement, comme un cor de chasse fait aboyer toute une meute.

—Hé bien, dignes et chers confédérés reprit Leuenberger, occupons-nous sur-le-champ de l'offre pour laquelle nous sommes rassemblés, et confirmons de la main et de la bouche l'accord qui règne entre nous. Toi, Addrich, quels soins as-tu pris pour notre sûreté?

— Leuenberger, s'écria Gédéon, une telle demande n'est pas convenable là où l'on sait que se trouve un soldat. J'ai posté moi-même aux alentours de fidèles sentinelles qui observent avec soin tous les individus suspects; car le bailli de Lentzbourg ne serait pas homme à s'endormir s'il savait quels oiseaux se trouvent aujourd'hui dans ce vieux nid.

— N'aie pas de souci, dit Addrich; le chevalier Mey de Rued lui-même ne soupçonne rien : il a bien envoyé hier ici un messager, mais ce n'était pas pour nous espionner, c'est seulement pour m'enlever ma nièce.

A ces mots Gédéon ne put cacher une vive agitation. Il jeta des regards pleins de feu sur Addrich; mais celui-ci continua avec calme : Ce n'était, comme vous voyez, qu'une affaire de jupe. L'homme était un honnête Jean, un ménétrier d'Aarau, qui se confessa à moi sans se douter qui j'étais. Nous l'avons envoyé par précaution sur le territoire de Lucerne, où il pourra rendre bon témoignage de nous.

Schyby se mit à rire.—Je crois, dit-il, que les gens et les valets du bailli ne viendraient pas ici pour tout l'or du monde; car ils craignent le voisinage d'Addrich comme celui du diable.

— Cela est vrai ! s'écria le sous-bailli

de Buchsiten : si Leuenberger ne m'a-
vait dit quel brave homme tu es, Addrich, je ne me serais pas hasardé à venir te trouver, tant on dit de mal de
toi dans le monde. D'où vient tout ce
bavardage.

Addrich répondit avec humeur :
N'as-tu pas aussi des ânes dans ton
pays? Lorsque j'étais pauvre, ils me
traitaient de brigand et de voleur;quand
j'eus amassé quelques écus, je fus un
déterreur de trésors; parceque je suis les
conseils de ma raison, et que je ne
souffle pas dans le même cornet que tous
les sots, j'ai fait un pacte avec l'enfer ;
parceque je ne veux pas écouter le latin
de cuisine du curé, il me traite dans sa
chaire d'athée, d'anabaptiste, que sais-
je? car c'est tous les dimanches quelque
autre chose. — Quand l'envie et la mé-
chanceté ont une fois noirci un homme,
toutes les vertus ne le laveraient pas.

J'ai maudit mille fois le jour où j'ai
quitté l'Emmenthal pour venir m'établir au milieu de cette canaille stupide.

— Mais après tout, Addrich, ils t'o-
béissent comme si tu étais leur bailli,
dit Schyby.

— Parcequ'ils ont moins peur de
Dieu que du diable, répliqua Addrich.
Les païens ne l'étaient pas plus que ce
bétail d'homme. Il en est déjà venu
plus d'un à moi, avec grand mystère,
qui m'a prié pour l'amour de Dieu de le
mettre en relation avec le diable. Ils
voulaient se vendre à lui corps et âme,
et le signer de leur sang, s'il consentait
seulement à leur procurer quelque
jouissance en ce monde, et à mettre quelques écus cordonnés dans leurs escar-
celles. Le curé n'en vante pas moins leur
foi et leur piété, parceque quand leurs

truies mettent bas, ils lui remplissent sa réserve de boudin et de jambon. Mais laissons cela, mes dignes sires; la soupe du matin vous attend dans la chambre voisine, et vous êtes encore à jeun. Le repas vous rendra des forces, et le corps aide à la tête.

À ces mots il se leva. Après quelques révérences cérémonieuses, les convives le suivirent et prirent place autour des écuelles fumantes.

CHAPITRE X.

—

LA DEMANDE EN MARIAGE.

Le repas champêtre, dans lequel se
montra en abondance auprès des langues fumées et des larges tranches de ve-
naison, le liquide enivrant que le paysan
suisse savait déjà extraire des cerises

sauvages, répandit la bonne humeur parmi les convives. Leurs plaisanteries et leurs regards s'attachèrent particulièrement sur la personne légère d'Aenneli qui les servait à table. Gédéon Renold seul, contre sa coutume, demeura muet et sans appétit; et avant que le repas fût achevé, il prit Addrich à part et quitta la chambre avec lui.

Lorsqu'ils eurent marché quelques momens et qu'ils se trouvèrent à l'entrée du bois, Addrich lui demanda : Pourquoi m'amènes-tu ici? Qu'as-tu de secret à me dire?

— De secret? rien. Tu sais tout ce qui se passe en moi, sans cela tu ne me ferais pas sauter la danse de l'ours au bout de ta chaîne, répondit Gédéon en fixant ses yeux noirs et brillans sur ceux du vieillard. Mais toi, Addrich, tu con-

serves continuellement ton masque, et
tu agis toujours diplomatiquement, sans
nulle sincérité. Pourquoi m'as-tu caché
les intentions du chevalier Mey de Rued
au sujet de ta nièce ? Ainsi donc il voulait l'attirer à lui ? Et tu ne me dis cela
qu'après avoir fait éloigner son messager. Addrich, parle-moi sans feinte et
sans détour. Comment sommes-nous
l'un avec l'autre? Dans les circonstances
présentes, je demande que tu me serves
du vin clair. Si tu ne m'accordes pas la
main de l'incomparable Epiphania...

— Continue ! s'écria Addrich.

— Alors... Eh, eh! J'ai vu d'autres
majestés !

— Ta langue bat de fausse monnaie.
Allons, explique-toi net.

— Alors, que tout aille à tous les
diables!

—Il en serait ainsi, Gédéon? Tu n'es
et tu ne seras toujours qu'un simple
mercenaire qui ne sert que pour de
l'argent, et qui ne joue sa patrie, son
honneur et tout ce qu'il y a de plus saint
au monde, que pour en faire une scha-
braque à la rosse qui le porte et qui se
nomme égoïsme. Ainsi c'est pour avoir
la main de cette jeune fille que tu loues
ton bras à la bonne cause?

— La bonne cause? Distinguons, Addrich. La cause de ton ambition et de
celle de tes consorts n'est pas absolument
la mienne. Epiphania est pour moi la vie,
le monde, le ciel; et je mets tout au jeu
pour l'obtenir. Je pense aussi qu'un motif comme le mien est, aux yeux des

gens raisonnables, aussi important que
l'envie dont vous êtes travaillés, toi et
tes *compagnoni*, de vous faire donner
les titres d'excellences, de conseillers et
de baillis.

—O misérable quêteur de filles,
penses-tu que l'orgueil soit le mobile de
ma conduite? Crois-tu que Leuenberger,
Schyby ou moi nous voudrions arracher
une nation à ses préjugés de plusieurs
siècles pour la faire servir de marche-
pied à une folle ambition? Sais-tu qui a
provoqué la rébellion? Les premiers meneurs, les véritables chefs de l'insurrection siégent dans les conseils des villes.
C'est leur injustice aveugle et cruelle qui
a fait vibrer la cloche du tocsin, c'est leur
tyrannie qui a effarouché une monture
jusqu'alors si docile; c'est le gouverneur
Gessler qui a fait de Guillaume Tell le
libérateur de la Suisse. Ignores-tu donc

cela ? Le fumier le plus infect est celui qui fait pousser les plus belles fleurs et les fruits les plus savoureux, et c'est la tyrannie qui fait sortir la liberté de son tombeau et la fait revivre.

— *Verba, verbilia !* Je sais toutes ces phrases-là par cœur, et je puis aussi les appliquer en temps et lieu. Toi et tes consorts vous avez éperonné la monture, et maintenant vous voudriez vous mettre en selle à la place des vieux sires que vous avez désarçonnés. C'est au mieux, Addrich, je ne t'en blâme pas. Je te tiendrai même l'étrier, si tu veux accepter mes propositions.

— Va, vil mercenaire, je ne veux rien de toi ni du reste du monde. Je voudrais qu'il n'eût pas été créé, je ne serais pas là avec toi, à souffrir de tes folies.

— Addrich, un homme d'expérience et d'affût qui a comme toi vu les Indes orientales et occidentales, devrait parler avec plus de raison. Je veux faire ta fortune, et en récompense je te demande Epiphania. Qu'y a-t-il là-dedans d'insensé ou de malhonnête? Donne-moi la plus belle des filles de la terre, et je cours si bien bouleverser Berne, que les cloches de son grand moutier tremperont dans l'Aare, tandis que les fondemens toucheront au ciel.

—Fi du coq de bruyère que le temps de la ponte rend aveugle! Dans ce pays, le plus misérable pasteur risquerait sa vie et son bien pour un motif plus noble que le tien.

— C'est fort louable, sans doute; mais, pour que je le croie, nomme-moi quelque bien plus désirable que la possession de la céleste Epiphania.

1. 10

— C'est ce que l'homme doit poursuivre sans cesse, c'est ce qu'un Dieu doit vouloir pour lui dans le ciel, mais qu'il ne laisse pas mûrir sur la terre : c'est la vertu qui est réduite à mendier, exposée au sarcasme et à la honte ; la liberté pour qui l'on bâtit des cachots ; la vérité pour qui l'on allume des bûchers, et le droit sans défense à qui l'on répond par la torture, la roue et l'échafaud. Gédéon, je ne sais en vérité ce que veut le monde, si ce n'est pas là ce qu'il y a de meilleur. Mais, soit que quelque chose de plus désirable nous attende dans l'autre vie, soit que tout soit fini au dernier battement de nos artères, je veux combattre pour cette cause en me dévouant à elle.

—Avec votre permission, s'écria Renold, et il examina d'un air inquiet le visage sombre du vieillard, je ne com-

prends rien à tout ce baragouin. Est-ce
l'esprit de Dieu ou le diable qui parle
par ta bouche? cela ressemble à la folie
et à des blasphèmes. Si tu as de l'humeur,
père Addrich, jure-moi plutôt par
quelques millions de diables; cela vaudra mieux pour ton ami que tous ces
propos d'incrédules. Deux cannettes
d'eau-de-vie ne font pas de mal, et l'on
crève d'une goutte de poison. C'est sans
doute la maladie de ta fille qui te rend
le cœur gros; mais il ne faut désespérer
de rien.

— Oh! non; que dis-tu? Ce vieux
cœur sera bientôt sans mouvement. J'ai
renoncé au monde, aussi je veux bien
employer mes derniers momens. Je ne
suis plus qu'un spectre. Les esprits ne
se réjouissent plus à la vue de quelques
coquilles de noix dorées; ils ne craignent plus les huissiers, les bourreaux

et tous les oiseaux sinistres de l'autorité.

—Avec votre permission, reprit Renold, tu es dans un mauvais moment,
Addrich; je n'insiste pas davantage. Re-
venons à la maison. Dis à Epiphania de
te jouer du luth pour bannir le mauvais
esprit de Saül.

—Que tu me comprends peu, pau-
vre insensé! jamais l'Esprit saint ne s'est
plus fait voir en moi qu'en ce moment.
Mais c'en est assez, je me trompais.
Point de perles devant les pourceaux.
Que me voulais-tu?

—L'as-tu donc oublié? la main de ta
jolie nièce. C'est à cette condition-là que
je t'aiderai à jouer à ton jeu de hasard.
Tu auras besoin de moi dans tous ces
troubles; il y a peu de militaires expéri-
mentés et d'hommes du métier parmi
tous ces paysans révoltés, car les sei-

gneurs de Berne ont eu de tout temps la
précaution de ne confier les places d'of-
ficier dans les milices qu'aux fils des
praticiens des villes, afin que le peuple
fût sans chef s'il arrivait quelque chose.
Ainsi, Addrich, fais-moi connaître ta
résolution. Le moment est venu de se
décider ; si tu mets des obstacles à ma
passion, porte-toi bien, adieu !

—Gédéon, fais ce que tu voudras ; tu
sais que je ne m'oppose pas à tes vues.
Quant à moi, prends Epiphania pour
femme si elle y consent, elle est maîtresse
de son corps. Tu ne prétends pas, j'imagine, que je te l'amène par les cheveux?

—Donne ta main là-dessus, père Addrich! je n'exige de toi dans cette affaire
qu'une stricte neutralité ; je ne demande
pas même ton intervention dans les né-
gociations que je vais ouvrir. Il y a déjà

long-temps que je tiens la forteresse blo-
quée, et elle n'est pas loin de capituler.
Cependant je devais avoir ton assentiment, car il m'était indispensable pour
la ratification des articles.

— Es-tu si certain du cœur de cette
jeune fille, Gédéon? Prends garde à toi,
tu devrais connaître les femmes.

— Maintenant que j'ai ta parole, Addrich, et si tu consens à devenir mon
oncle, il faudra bien que ta nièce de-
vienne mon épouse. Elle ne fera pas
grande résistance; Epiphania m'aime,
je le sais; j'ai déjà vu cet aveu sur ses
joues couvertes de rougeur.

— Déjà? Elle semblait toujours t'é-
viter, et elle s'enfuyait dès qu'elle t'ap-
percevait.

— Un ennemi qui se retire n'est pas

dangereux, Addrich ; je connais les dames.

— Mais ce n'est pas le moment de parler d'affaires d'amour. Tu parais oublier que la landsturm se mettra peut-être en marche aujourd'hui. Trève d'enfantillages! l'épée en avant! la porte de la chambre nuptiale ne s'ouvrira pas pour toi avant que nos drapeaux victorieux aient flotté sur les créneaux des murs de Berne.

— Père Addrich, c'est là le *gaudium* d'un soldat, c'est là un joyeux prélude de noces. Je pense bien que les tambours battront bientôt la chamade, et je compte rapporter assez de foudres de vin du Rhin et de Malvoisie de cette campagne pour régaler tout le canton depuis ma noce jusqu'à la célébration de la cinquantaine.

— Je voudrais que tu brisasses là-bas

la porte d'une cour qui renferme des choses plus précieuses que les vins du Rhin et de Malvoisie. Quoique le brave Fabien, le frère de lait de Fania, ait toujours été ton rival, il mérite quelque pitié. Tout l'hiver au cachot, et pourquoi? parcequ'il n'a pas voulu tirer son chapeau à un manant de bailli, et qu'il lui a donné une paire de soufflets sur les oreilles.

—Tu tiens toujours ton Fabien pour un ange, bien que ce soit un diable qui court après tous les tabliers. Je ne dis pas cela parcequ'il a voulu me souffler ma jolie future. Un homme comme moi ne craint pas un rival de cette sorte; j'ai vu d'autres majestés, mais ce fanfaron a bien mérité son sort. On disait même qu'on l'enverrait aux galères. La femme du bailli lui avait avoué dans les douleurs que ce Fabien était le bon patron qui lui avait enlevé avant le temps la couronne virginale ; n'oublie pas cela, Addrich ; n'oublie pas cela. Et le coquin voulait mettre cet enfant de catin sur le dos du pauvre bailli !...

— Parle autant qu'il te plaira, Gédéon, je garantis avec ma tête grise que Fabien est innocent comme au berceau. C'a été de tout temps un brave et honnête garçon, vif comme la poudre, il est vrai, quand un blanc-bec le regardait de travers, mais honnête et sage s'il en fut jamais. — N'as-tu rien de plus à me dire, Gédéon ?

—Notre pacte est signé, je suis content, et je te prêterai main-forte dans toutes les entreprises.

— Alors retournons auprès de nos hôtes. Nous devons compter les minutes aujourd'hui, dit Addrich ; et il sortit à grands pas du bois en se dirigeant vers la maison, tandis que Renold le suivait lentement.

FIN DU PREMIER VOLUME.

TABLE

DU TOME PREMIER.